# CONNECTED WITH BEAUTY



# 连环美人

诡故事
Mystery Story
推理悬疑小说志
典藏版推理惊悚
小说全集

花想容／著

哈尔滨出版社
HARBIN PUBLISHING HOUSE

# 目录

致 命 魔 秤 /1
连 环 美 人 /20
单 身 婚 礼 /63
窗外有郁金香 /80
跟 踪 /89
错 忆 /98
第 四 象 限 /124

# 致命魔秤

## 1

白色宝马车驶进别墅区的停车场。车门打开的时候，落日的余晖正照进车内。一对男女下车，中年男人相貌普通，女人却年轻漂亮。男人搂住女人的腰，粗大的手指无意识地捏了一下女人腰部的一丝赘肉——只是一丝而已。手指又弹了一下，男人似乎很享受。

女人却停住了轻快的脚步，不安地问："毓扬，在泰国度完蜜月，我是不是胖了？"

毓扬愣了一下，继而大笑："格子，你知道我喜欢你胖点儿，够性感。"

手移了位置，轻轻在格子的臀部拍了拍。格子娇羞地闪开了。

"爸爸！"伴随着清脆的童音，一个七八岁的小女孩飞一般奔过来。毓扬一把将她抱在怀里，在她的小脸蛋上猛亲几口："甜甜，想死爸爸了。"然后他放下女儿，指了一下愣在旁边的格子："甜甜，叫楚阿姨。"

格子松口气的同时，也怅然若失。毓扬没让她叫妈妈，所以难堪的局面不会发生。可是，“楚阿姨”这个身份，让她感觉自己跟这两个人似乎没什么关系。

甜甜放开爸爸，跑到格子面前，拉着她的裙子，笑嘻嘻地说：“你是楚阿姨吗？长得真漂亮，就是胖了点儿。”

格子本来已经张开双臂要把她抱进怀里，听到最后一句话后，她的动作僵了，笑容也僵了。还好，毓扬装着无所谓的样子拍了拍甜甜的小脑袋，责备了一句：“没大没小的孩子。”

他们走到别墅门前的时候，格子看到门口站着一个人。那是个年轻女子，极瘦，短发，腰里系着一条干净的围裙，看打扮是家里的保姆。

“小毛！”毓扬叫了一个古怪的名字，“饭做好了吗？”

“好了。”声音不大却吓了格子一跳——小毛的声音比男人还粗几分。格子不禁多打量了小毛一眼，没想到小毛正在看着她。小毛的目光冷酷凌厉，格子的心不由一缩。

## 2

格子洗完澡，换上崭新的真丝睡衣。睡衣是黑色的，不仅性感，而且能让她看起来瘦一点儿。格子对着浴室的镜子观察着自己的身体。不能再胖了，该节食了，她得出这样的结论。能嫁给这样一个中年丧妻的豪门男人，她知道是天上掉了馅饼。况且，这个男人并不老，刚到不惑之年。

她踏着柔软的地毯寻找自己的丈夫。主卧室里居然没有，于是她向书房走去。她一边走一边打量别墅里的布局。宽大的厅室，奢华的家具，富丽的装修，她感觉自己脱胎换骨了，从一个灰姑娘变成了王妃。

门缝泄露的光线以及敲打键盘的声音告诉她丈夫就在里面。她光着脚,所以他听不见她的脚步声。她刚想将房门推开,又改变了主意。毓扬陪她去泰国度蜜月,已经很久没有关心过工作上的事儿了。她不能刚回到家就像膏药一般黏着他,这样会适得其反。想到这里,她转过身向回走,打算在主卧室里等他。

在走廊里拐了一个弯,格子面前冷不丁冒出一个人。两个人险些撞上,格子差点儿叫出声。她镇定了一下,看到那个人是保姆小毛。

小毛穿着一件鹅黄色的旗袍,可是她纤细的身材根本撑不起来这件衣服,旗袍如同挂在一根竹竿上。格子给了小毛一个女主人式的微笑,可是小毛像是不会笑,用直愣愣的目光盯着格子,声音比男人还粗:"毓太太,你太胖了。"

格子皱了皱眉。那个小女孩说她胖也许是童言无忌,可是连小毛这样的下人也这样说,她不能容忍。尽管她知道自己比小毛要胖得多,但小毛太瘦了。自己不过是丰盈些罢了,何况,毓扬喜欢。

格子还没有找到什么话来反击小毛,小毛又开口了:"毓太太,卧室的窗帘后面有一个体重秤,你每晚临睡前可以称一下体重,这样能够保持体形。"

原来是这样!格子的心情舒缓了一些。看来小毛说她胖并非恶意,是自己多心了。格子忙说:"谢谢你,没什么事你早点休息吧。"说完她就继续往前走。

格子初到,毓扬就让小毛将所有的房门全部打开,不落锁。可是格子注意到,仍然有一间屋子的房门紧闭着。格子推了推,没推开,见小毛还没走就问:"小毛,这间屋子是做什么的?"

"这间屋子是毓太太的。"

“什么?”格子诧异地说,“我的屋子在那边,不是这间。”

“哦,毓太太,对不起,这间是死去的毓太太的。”小毛的声音依然粗,可是语气很从容,真不知道她说这些是有意还是无心。

小毛说完转身要走,格子拉了她,低声问道:“小毛,你知道那个毓太太是怎么死的吗?”

小毛的身子猛然一抖。她抬起头,用惊恐的眼神看着格子:“对不起,毓太太,我不知道。”

格子见小毛不说,又问:“她叫什么名字?”

这次小毛答了:“叫季红。”然后趁格子发愣的工夫,瘦小的身子“噌”地就溜了。

## 3

主卧室很大,陈设却并不复杂。一张极其宽大的紫檀木雕花床,同材质的衣柜以及梳妆台。家具虽然华贵,但色调显得有些陈旧,尤其是墨绿色的窗帘以及地毯,使整个卧室显得很压抑。

格子不禁想到:那个死去的叫季红的女人,她的卧室是什么样的呢?

她想起小毛说的话,走到宽大的落地窗帘后面。掀开窗帘,见墙角果然摆放着一个红色的体重秤。格子蹲下,将体重秤拖出来,然后站了上去。57 公斤。自己果然胖了两公斤! 隔着衣服,格子沮丧地捏了捏腰部的赘肉。真的要减肥了,不然就变成猪婆了,她懊恼地想。

“你在做什么?”格子刚想从体重秤上跳下来,猛然听到身后一声呵斥。她吓得险些从体重秤上摔下来。一回头,见是毓扬进来了,格子跑过去抱住他撒娇:“亲爱的,我真的胖了呢!”

不料毓扬一把推开格子，面色阴沉地走到体重秤前。他弯下腰，将那个秤举起来，愤怒地大叫："小毛，小毛！"

不一会儿，小毛瘦小的身影匆忙地跑进来："有什么事情？毓先生。"

毓扬举着那个红色的体重秤，愤怒地嚷道："这是怎么回事？是不是你放在这里的？"

小毛的嘴角有些哆嗦："不是的，不是的，我今天在这里打扫房间时看到的，我还以为是你……"

"过分！"毓扬说着，将那个体重秤重重地往地板上砸下去。"砰"的一声巨响，那个可怜的秤摔成了两半。

"听着，我们家里以后不许出现这种东西，明白吗？我不管这一次是怎么回事，总之下次如果让我看到，你就立刻走人！别以为你在我们家待得时间长就……"

小毛冷静地打断了毓扬的话："毓先生，甜甜刚睡着，你这么大声音说话会吵醒她的。"

毓扬不说什么了，只是余怒未消，用力挥了挥手。小毛立刻蹲下来，将体重秤的碎片收拾干净。

"牛奶呢？"毓扬问。

"哦，已经煮好了，我这就端上来。"小毛匆匆离开，片刻后又回来了，手里端着一个托盘。托盘上放着两只精致的瓷制杯子，一只粉色，一只蓝色，是一对情侣杯。

这个时候毓扬已经平静下来。他拿起粉色杯子，递到格子手上，温柔地说："刚才吓着你了吧？是我不好，乱发脾气。来，喝杯牛奶，又营养又有助睡眠。这是我的习惯，你应该和我一样。"

格子受宠若惊地接过杯子，有些迟疑。她想自己打算减肥了，怎么能在深夜喝牛奶呢？但她想到刚才毓扬发火的样子，又不敢不喝，于是将牛奶一饮而尽。

毓扬在格子留有奶香的嘴唇上亲了一下，将她抱上了那张宽大的床。

## 4

半夜里，起风了。风从开着的窗户吹进来，掀开了窗帘。格子醒了，起身将窗户关好。她正要回到床上继续睡觉，忽然听到门外有异常的响动。

她犹豫了一下，轻轻打开卧室门。走廊的光线昏暗，但她还是看到了一个红色的影子一闪而过。

她的心剧烈地跳动了几下，脚开始不由自主地向红影消失的地方走去。当她走到季红房间门前的时候，发现房门竟然是虚掩着的！她记得她临睡前当着小毛的面推了推这扇门，当时关得死死的，这个时候怎么会开着？难道是刚才那个穿红衣服的女人？她是谁？

做了一个深呼吸，她将脸贴在了门缝上。借着屋子里的光线，格子看清了里面的情景。房间不算大，但布置得很雅致。淡绿色的窗帘前面站着一个女人，背对着格子，头发枯黄，身上穿一件大红色的旗袍。但这个女人太瘦了，所以旗袍穿在她身上，如同挂在一根竹竿上。

格子惊得后退了几步。她摇摇头，希望这是一个梦，她能把自己从噩梦中摇醒。可是，不能。片刻后，格子又将脸贴在门缝上。这时，那个女人不见了。

难道刚才那一幕是幻觉？不，她用力推开门，走了进去。房间里一个人也没有，却有一股淡淡的薰衣草的气味。格子慢慢走到刚才红衣女子站立的地方，发现脚边放着一个红色的体重秤，跟刚才出现在自己房间里，然后被毓扬摔坏的那个一模一样。

格子想走掉，却身不由己地站了上去。57公斤，跟刚才在主卧室里称的一样。看来那杯奶并不至于让自己变胖。

她刚要从体重秤上下来，却不料被人使劲一推。格子从体重秤上摔下去。她惊叫一声，抬起头，发现竟然是毓扬。

毓扬捧起那个红色的体重秤，表情失魂落魄。片刻，他掀开窗帘，用力将那个秤摔到了窗户外面。“砰”的一声，那个秤一定四分五裂了。

毓扬一把将格子从地上抓起来：“你怎么会在这儿？你是怎么进来的？”格子委屈得想哭，却不敢，只是泪水在眼窝里打转。她小声地说：“我认床，夜里睡不着，就鬼使神差地跑到了这里。这门本来就是开着的。”她不敢说那个红衣女人的事。

毓扬松了口气，把格子揽进怀里，摸着她的头发：“好了，我们回去睡觉。还有，这间屋子你以后不要进来了，记住了吗？”

## 5

清晨，别墅的餐厅。格子尽量装出若无其事的样子，尽管头有些疼。毓扬吃得很匆忙，她知道他今天要去公司上班了。甜甜一会儿要被小毛送到学校，因此吃得很乖。

甜甜喝完了面前的一碗豆汁，捧起空碗对小毛说：“阿姨，再给我盛一碗。”

“甜甜，你最近怎么了？饭量怎么变得这么大？”小毛接过空碗，却没有给她盛的意思。

毓扬抬起头来:“小毛,给她盛。甜甜正在长身体,营养必须跟上。”

“可是……”小毛嘴里不知咕哝了句什么,然后乖乖地给甜甜盛了大半碗豆汁。甜甜端起碗就往餐厅外跑。

“甜甜,你去哪?”小毛大叫。

“我的铅笔盒落在床上了。”甜甜回应道。

毓扬放下碗,在格子脸颊上亲了一口:“格子,你慢慢儿吃。我上班去了。你闷的话就约朋友逛街去吧。”格子想站起来送他,被他按在原处。

毓扬走了,小毛送甜甜去上学了,偌大的别墅就只剩下格子一个人。她无所事事地在别墅里转了一圈。一切都是原来的样子,所有的房门都开着,除了死掉的季红那间。经过季红房间的时候,格子心有余悸。继续朝前走,最里面是甜甜的房间。

甜甜的房门也是开着的。出于好奇,格子走了进去。甜甜的房间到处都是卡通玩具,连床单上都印满了跳跳龙。而很显眼的床单上放着一只空碗,碗里还有残留的豆汁。

这孩子,怎么乱放东西呢?格子想着,就拿了那只碗去厨房洗。然后她想起来,甜甜房间的地板上扔满了漫画书,她该去收拾一下。虽然这是小毛做的事,但那个瘦弱的小姑娘照顾这么大的一幢别墅以及三个主人,够辛苦了。格子认为自己是真正的家庭主妇,应该分担一些家务,虽然毓扬并没有这么要求她。

可是回到甜甜房间的时候,格子大吃一惊——甜甜的房门居然锁上了!格子记得清楚,刚才她拿着空碗离开的时候,门是开着的。风早就停了,这是个宁静的上午。

有人在她离开的时候锁上了这扇门!这幢别墅里,除了包括自己在内的三个主人和一个保姆之外，还有一个人！这个人是谁呢？他（她）现在一定就在甜甜的房间里面。那碗豆汁一定是甜甜偷偷带过来给这个人喝的。小毛早上的时候不是说甜甜最近饭量很大吗？

格子忽然想起了死去的季红，还想起昨夜出现的那个穿红色旗袍的极瘦的女人。她的心里面冒出了丝丝寒意。

离开甜甜房间的时候，她闻到从门缝里飘出一股淡淡的薰衣草的气味。

格子的头痛开始加重。

## 6

格子躺在自己的房间里。房间的家具装饰一律是白色的，这是毓扬按照她的喜好布置的。床边，骆医生正在给她问诊。虽然刚才格子坚持说自己休息一下就好了，但小毛不敢大意，还是给毓扬打了电话。毓扬吩咐骆医生来给格子诊治。

骆医生检查完毕说："毓太太，你没什么大问题，只是没休息好。我给你开一些安神的药剂，你多多休息就会好了。"

格子点点头说："麻烦你了骆医生。我平时身体很好的，还打算减肥呢。"

骆医生听了一呆，语气有些紧张："怎么？毓先生嫌你胖了？"

格子意识到自己多嘴了，辩解道："不是的，我自己觉得有点儿胖了。"

骆医生松了口气说："女人应该以健康为美。以毓太太您现在的身高体重来看，实为标准体形，增一分则胖，减一分则瘦。所以毓太太保持体重就行了，千万不可盲目减肥。"

此时的房间里只有他们两个人，小毛在厨房准备午饭。格子直起身子，直视着骆医生问：“骆医生，你一直是毓扬的私人医生吗？”

骆医生点头：“对，我一直给毓先生看病。毓先生很信任我。”

格子轻声问：“那……以前的毓太太，你认识吗？”

骆医生的表情并没有明显变化：“认识。她以前是个非常美丽的女人，可惜……”

格子问：“你能告诉我，她是怎么死的吗？”

骆医生惊愕道：“你不知道吗？没有人告诉你？”听他的意思，似乎季红是怎么死的，人人都应该知道。

格子摇摇头。她用恳求的语气说：“骆医生，你能告诉我季红是怎么死的吗？”

骆医生犹豫了一下说：“好吧。知道她是怎么死的，对你也是有好处的。”

## 7

骆医生走后，格子一个人站在窗前发愣。她终于知道了季红的故事。她曾经是个非常美丽的空姐，嫁给毓扬后做了全职太太。不久，养尊处优的生活使季红圆润了许多。季红原本是个骨感美人，虽然胖了一点儿，可更添了几分妩媚，但毓扬常常有意无意责怪她越来越胖了，该减肥了。

于是季红就开始减肥。减肥茶、跑步机、药物、按摩，她尝试了所有的减肥方法，可是体重居然无减反增。有人告诉她，减肥唯一有效的办法就是节食，于是她开始与胃作斗争，常常一天只吃一根黄瓜果腹。不久，她果然瘦了好几圈。毓扬提醒她可以了，不必再减下去，可是她却执迷不悟,仍然不吃任何饭菜,直到患了厌食症。

骆医生说,厌食症是一种很可怕的精神疾病,病人饿得发疯,却无法吃下任何东西,即使勉强吃下也会吐得干干净净。

季红最后是饿死的。骆医生说,他见过季红临死前的样子,全身除了骨头就只剩一张干皮,那模样跟木乃伊没有什么区别。

格子想起了那个穿红色旗袍的女人。那个女人虽然极瘦,但跟木乃伊还是差远了。骆医生临走的时候,格子问他:"你见过季红穿红色的旗袍吗?"

骆医生惊奇道:"你怎么知道红色旗袍?她节食就是受了红色旗袍的刺激。有一回,毓先生送给她一件非常漂亮的红色旗袍,要她穿着跟他一起出席宴会。可是她试穿的时候竟然把旗袍撑破了。所以,她每天就把那件修补好的旗袍挂在房间里,增加节食的意志力。"

骆医生注意到格子的脸色发白,就问:"毓太太,你没事吧?"格子勉强摇摇头。她最后问骆医生的问题是:"你经常来这里吗?你知道这幢别墅除了毓扬、甜甜和小毛之外,还有其他人吗?"

骆医生想想说:"肯定是没有的。不过我知道季红有个亲妹妹叫季墨,以前毓先生出差的时候,季墨有时候会陪着季红来住几天。"

"她长得漂亮吗?什么样子?"

"嗯,很漂亮,跟季红长得有几分相似。哦,毓太太,你要是觉得身体好点儿了我就要告辞了,还有病人等着我。"

"我没事了。谢谢你骆医生。"

8

之后的两天风平浪静。一切似乎都是那么称心如意。毓扬对格子恩爱有加，甜甜也常常会乖巧地喊她“楚阿姨”，瘦弱的小毛仍然不知疲倦地忙来忙去，似乎除了睡觉，永远没有闲着的时候。

晚上，毓扬照例在书房里忙一会儿白天没有处理完的工作。格子洗完澡，踩着柔软的地毯走进主卧室。她走到落地窗边，打算打开窗子透透气。窗帘很厚重，格子准备拉开窗帘的时候，腿隔着窗帘碰触到了非常柔软的物体。

格子惊得后退两步，之后意识到那是一个人。那个人就站在厚重的墨绿色落地窗帘后面。那个人应该很瘦，所以若不是刚才碰到，根本发现不了！

格子的呼吸急促起来。她想跑过去喊毓扬，又想到如果那样的话，这个人一定会趁机溜了。机不可失，格子深深地吸了口气，猛然将窗帘掀开！

窗帘后是一张小脸，小脸上一双眼睛睁得圆圆的：“楚阿姨！”

原来是甜甜！甜甜躲在窗帘后面做什么呢？

“甜甜，你怎么在这里？你在做什么？”话刚问完，格子发现甜甜的两只小脚下面居然是一个红色的体重秤。

甜甜在这里称自己的体重！毓扬已经当着自己的面摔掉了两个一模一样的体重秤了，为什么这样的秤还会出现？

甜甜却将食指放在嘴唇下面，示意格子不要说话。她小声说：“楚阿姨，我在跟小毛阿姨玩儿捉迷藏的游戏呢。我躲在这里，她就找不到我。”

格子松了口气。她把甜甜抱下体重秤：“甜甜，这么晚了你得去睡觉知道吗？否则明天早上你又会说没有睡足了。”

格子牵着甜甜的手，一直将她带到甜甜的房间。她们在房间门口碰到了小毛，小毛说："甜甜，你躲哪儿去了？我找了半天都没找到你，你越来越淘气了。"

格子回到主卧室，她想得趁毓扬过来之前将体重秤藏好，否则如果被他发现，又会是一场风暴。她掀开窗帘，把秤拿出来，想找个地方藏好，却又禁不住诱惑地将秤放下，站了上去。

58 公斤！天啊，这短短两天怎么就胖了一公斤？格子一阵心慌意乱，这个时候，她听到书房那边传来关门声，是毓扬出来了。格子更慌了，情急之中打开衣柜，将小巧的体重秤塞在了衣物下面。

刚关上衣柜，毓扬就进来了。

## 9

格子醒来的时候是午夜。她翻了个身，想继续睡，却睡不着。毓扬在旁边正睡得香甜。格子爬起来，光着脚走出卧室，在走廊里游荡。

经过书房的时候，格子发现门是开着的。她记得当她在卧室里称体重的时候，听到了毓扬关书房门的声音。是谁将书房门打开了？想到前几天夜里莫名其妙被打开的季红的房间，以及房间里面那个称体重的穿红色旗袍的女人，格子觉得周身发寒。

即使这样，她还是将脸凑近书房门，朝里面看去。借着走廊的光线，她看到里面一切如常，并没有什么人。格子轻轻走了进去，将灯打开。

这是她第一次进书房。书房布置得井井有条，靠窗是一张很大的桌子，上面放着一台笔记本电脑。格子瞥见桌子最下面的那个抽屉没有关严。

她蹲下身子，轻轻将那个抽屉打开。是一个相框。拿出来，上面是一个女人的照片。女人身材高挑纤细，长发如瀑，穿着一件红色旗袍。旗袍很窄，紧紧裹着她的身体，所以她看起来更瘦了，十足的骨感美人。

莫非照片里的人就是季红？格子不得不承认她非常漂亮，可是红颜薄命，她竟然为了减肥将自己饿死了。格子微微吐了口气，正打算将相框放回原处，忽然凭直觉感到背后有人。

格子猛然转身，果然看见一个女人。那女人极瘦，穿着一件红色旗袍。只是这款旗袍过于宽大，所以她穿上去就像衣服挂在竹竿上一样。

女人这次是面对着她的，所以格子看清楚了她的样子。她形容枯槁，头发干黄，一双死鱼般的眼睛直盯着格子。

鬼！这是格子脑子里唯一闪现出来的念头。她大声叫起来，与此同时眼前一片漆黑。

毓扬赶来了。他将格子抱在怀里，紧张地问："宝贝，你怎么了？"格子的意识清醒了，她躲开毓扬的脸四处张望，却看不到那个"女鬼"了。

"鬼，我刚才看见鬼了！"格子的身体不住地发抖。

"鬼？哪里有鬼？"毓扬莫名其妙。

格子手里还紧握着那个相框。她举起相框，怪叫着："就是这个人，不，这个鬼！"

毓扬将相框拿过来，看了看说："格子，你不好好睡觉，怎么来翻我的东西呢？这个人不是鬼，是甜甜的小姨。"

格子愣了。甜甜的小姨？季红的妹妹季墨？可是……

"好了，快跟我回去睡觉。以后夜里不许出来乱跑，知道吗？"毓扬很有耐心地扶起格子，关好书房的门，一直将她带回卧室。

## 10

两个人都没睡。毓扬点了一根烟，吐了几口烟圈之后开始跟格子说关于季红的事。

季红确实是患了厌食症死去的，死的时候体重不足30公斤。因为这件事，毓扬一直都很自责。如果不是他当时对季红的身材过于苛求，她也不会走到这一步。所以，毓扬抱着格子说："女人还是胖一点儿更美。格子，千万不要减肥，记住了吗？"

格子抱紧了毓扬。她终于明白了为什么毓扬对体重秤那么敏感。她向他保证这辈子都不会再跟他提关于减肥的事。然后她试着问毓扬："你刚才说，那是甜甜的小姨？"

"嗯，她叫季墨，像她姐姐一样漂亮。但季红死了之后，季墨也开始反常了，大概是受了刺激，所以一天天憔悴下去。虽然不至于跟季红一样不再食人间烟火，但整个人已经失去了往日的光彩。"毓扬感叹着说。

格子问："那她现在呢？她也住在这幢别墅里吗？"

毓扬愣了一下，摇头："没有啊，她怎么会住在这里？如果住在这里，你会看到她的是不是？"

格子说："对，我就是看到她了，还不止一次！"

"这是不可能的！格子，你不要这么敏感好不好？我花了很长时间才走出这件事的阴影，我之所以一直没有告诉你，是因为我不愿意让你也受这件事的影响。我要你做我快乐而且健康的老婆，知道吗？"

格子不再说什么，只是点点头。两人相拥着睡去。

## 11

早饭之后，毓扬照常去上班，小毛送甜甜去上学，家里又剩下格子一个人。

真的只剩下她一个人吗？格子回到主卧室，打开衣柜，取出那个红色体重秤，然后站上去。

指针指到了58.5公斤。一夜之间，她又胖了一斤！

格子不动声色地将体重秤放回原来的位置，然后开始在空荡荡的别墅里游走。有三个房间是关着门的：季红的房间，毓扬的书房，还有甜甜的房间。

她走进小毛的房间，从枕头下面找到一串钥匙，打开甜甜的卧室。

甜甜的卧室很大，还带着一个专用的卫生间，由此可见毓扬对女儿的宠爱。

格子在房间里转了一圈，视线落在卫生间那里。她刚想走过去，听见卫生间的门后传来一声微弱的“咔吧”声。

有人在里面！格子的心跳加速。她走过去，推了推卫生间的门，没有推开。

卫生间的门锁跟别的锁不同，如果里面反锁了，外面根本打不开，除非破门而入。

一股淡淡的薰衣草味道。

格子想了想，不动声色地退回去，将房门锁好，把钥匙放回小毛的房间。

刚刚走出小毛的房间，小毛就回来了。格子走过去，直视着小毛问：“季墨跟毓扬是什么关系？”

小毛被她问得面容突变。她支吾了一阵才答：“季墨是毓扬的小姨子啊，毓太太你不知道吗？”

“季墨爱毓扬对吗？”格子问。

“啊，不，这怎么会？”小毛的声音更粗、更难听了。

“那就是毓扬爱季墨?”格子又问。

小毛干脆不说话了。格子说:“小毛,你一会儿去打扫一下甜甜的房间。特别是那里的卫生间,用点儿清新剂,我都闻到里面的怪味儿了。”

“哦,好的。”小毛愣愣地说。

格子不再说什么,回到卧室,将体重秤拿出来,装在一个袋子里。然后她换了衣服,走出别墅,把袋子扔进小区的垃圾桶里。

格子开车去美容院,护肤、做头发,在里面待了一个上午。后来她又约了朋友吃午饭、逛街,一直到晚饭前才回去。

## 12

格子刚打开别墅的大门,就看到小毛趴在地板上。尽管有心理准备,她还是吓了一大跳。她心惊胆战地去摸小毛的脉搏,发现还跳着,于是松了口气。她用尽力气将小毛的身体翻过来,将她唤醒。

小毛睁开眼睛,愣了半天才问:“毓太太,几点了?”

“六点了。”

“天啊!甜甜还没有接回来!”小毛惊叫着。

格子示意小毛不要说话,然后拨通毓扬的手机:“在哪里?路上?哦,小毛病了,你顺路接一下甜甜好吗?好的,等你回来。”

小毛已经晃悠悠站了起来,只是面色苍白。她站在那里喘了几口气说:“天啊!我杀人了,我杀人了!”

格子没有说什么。她将小毛扶到沙发上,倒水给她喝。“我们等毓扬回来再说,好吗?”

十分钟后,毓扬带着甜甜回来了。“小毛病了?没做饭是吧,那我们出去吃吧。”毓扬说。

格子却说：“甜甜，你先到客厅里看卡通片好吗？肚子饿的话就吃点饼干。”说完替她打开了电视。

然后她对小毛说：“好了，你现在带我们去吧。”

小毛走在最前面。她用钥匙打开甜甜房间的时候，手抖得厉害。甜甜的床上躺着一个人。那个人穿着一件红色的旗袍，极瘦。她的脸没有一点儿血色，身下却有一大摊血。血已经发黑，凝固。

“季墨！”毓扬惊叫起来。他一下子扑过去，不相信她真的死了。她怎么会死了？怎么会死在这里？

小毛哭着说：“毓先生，你去卫生间里看一下就明白了。”

毓扬奔进卫生间，格子紧跟在后面。

卫生间里的壁柜敞开着，里面一片红色。那是一模一样的体重秤，至少有十几个！毓扬低呼一声。格子也有些站立不稳。

小毛断断续续地讲了白天的事情。小毛去打扫卫生间，发现门锁着。她觉得不对，就砸开门，发现了躲在浴帘后的季墨。季墨一直躲在甜甜房间的衣柜里，不料早上去卫生间的时候，恰巧格子进去，所以就躲在卫生间里。季墨见小毛发现了她以及那些体重秤，就想杀人灭口。

小毛虽然瘦小，但力气很大。她应该属于正当防卫。

但小毛又惊又怕，耗尽了体力，还没有走出别墅就晕倒了。

“爸爸！”身后传来甜甜的童音。

毓扬大惊失色。甜甜看见季墨的尸体却并不害怕。她说：“爸爸，是小姨害死妈妈的。”

毓扬与小毛都吓了一跳。格子却若无其事，只是问：“甜甜，你是什么时候发现小姨害死妈妈的？”

“小姨知道我不喜欢楚阿姨,说要帮我赶走楚阿姨。小姨偷偷躲在我的房间里,吃我的剩饭和零食。昨天晚上,小姨要我把体重秤放进爸爸和楚阿姨的卧室里。可是放之前,我发现她拆开体重秤,拧了里面的东西。我在窗帘后面称了体重,发现我胖了两斤。我才知道,为什么妈妈临死前,每次称体重,都说自己又胖了……”

甜甜像个大人般镇静地说到这里,再也撑不住了。她大声哭起来:“妈妈！妈妈!”

毓扬把她抱进怀里,泪如雨下。

“爸爸,小姨为什么要害死妈妈?”甜甜边哭边问。

毓扬无语,半天才叹道:“季墨,你为何如此狠心?”

小毛这个时候像是清醒了,突然开口,声音粗得吓人:“毓先生,一年前的雷雨之夜……”

毓扬突然站了起来:“小毛,你都知道？那晚是我喝醉了,季红不在家,我错把季墨当成了季红……天啊,为什么我当时不被雷劈死?!”

小毛一字一句地说:“我全明白了,是季墨爱上了你,而你爱的是季红。季墨容不下她的亲姐姐,所以,她利用体重秤杀死了季红！后来,她又要杀死新的毓太太!”

格子听到这里不禁后退了几步。

一声惊雷响彻天地。电闪雷鸣中,季墨的一头枯发被风掀了起来,像是她的鬼魂在飘游,缠住屋里所有的人,一生一世。

# 连环美人

## 1

苏蕙看着林心怡，实在不明白她为何铁了心要去隆胸。林心怡虽然是个“太平公主”，但她瘦得挺林黛玉的。苏蕙觉得像林心怡这样纤细的身材，自己羡慕还来不及呢。

“心怡，我觉得你 32A 的身材挺好的，虽然平了点，但花蕾般诱人。如果非要隆成 34B 的，那太不协调啦！”苏蕙叫着。

“可是”，林心怡委屈地说，“因为我的身材，刚认识的男友又不要我了。现在的男人其实都是喜欢稍微丰满些的女孩，像你这样的。”林心怡的目光落在苏蕙线条优美的胸上，“我已经跟那个整容师约好了，是我表姐介绍的。她刚在那里做的手术，效果很好而且很安全。”

苏蕙叹了口气：“我还是不明白我们女人为什么要牺牲自己取悦那些色狼！”

林心怡抱住苏蕙玲珑的腰身撒娇：“好姐姐，你就陪我去吧。我不只是为了讨男人喜欢，完美一点，自己看着也好呀！”

苏蕙戳了一下林心怡小巧的鼻子，忍不住笑了：“好啦好啦，陪你去就是了。你可不要疼得哭鼻子哦。”

林心怡欢呼了一声，在苏蕙姣美的脸颊上亲了一口。

那家整形医院就在市中心地带。苏蕙跟着林心怡上了二楼，来到整容师的办公室。一位超级肥姐摇晃着肥硕的身子走出来，她俩不得不给她让道。肥姐嘴里还在说着：“那我走了，薛医生。如果你不能把我整得跟她一样”，她用胖乎乎的手点了一下苏蕙，“那我可要到消协投诉你的！”

苏蕙忍住笑，把林心怡推进了办公室。办公室收拾得纤尘不染，空气中弥漫着淡淡的茉莉香气。一位穿白大褂的男医生端坐在办公桌前，含笑望着她们。

苏蕙看到薛医生，不知怎的就觉得心里轰的一声有什么东西坍塌了。世上怎么还有如此纯真的男人？天使般的笑容给人致命的诱惑。苏蕙愣神的时候，听到林心怡说：“薛医生，我们什么时候开始呢？”

薛医生站起来，身材挺拔，气质沉稳。他一边翻看着预约单一边说：“你叫林心怡吧？不知那位小姐如何称呼？”

“她叫苏蕙，是陪我来的。”薛医生“哦”了一声，打量着苏蕙，目光有些惊讶。只是那惊讶转瞬即逝，换做了赞叹。“美人还是天生丽质的好呀。”他意味深长地说。

苏蕙坐在椅子上等林心怡，久了觉得双腿麻木，便站起身来四处走动。他看到薛医生的桌子上摆着一个相框，里面有一个天仙般的美人。一旁的小护士朝这边瞟了一眼问：“怎么样？漂亮吧！”

“嗯，漂亮。”苏蕙点头。小护士走过来，神秘兮兮地问：“你猜猜她是谁?”“谁?”苏蕙有些迷茫。

小护士凑到苏蕙耳边低语:“她就是薛医生的妻子!”

苏蕙“哦”了一声,重新看那幅照片,心头泛起怪怪的滋味。无论怎么说,知道自己欣赏的男人有了妻室并不是件让人愉快的事情。照片里的女子美目盼兮,巧笑倩兮,更让人惊艳的是她那高贵典雅的气质。外表的美是天生的,气质却要靠后天培养。

小护士又问:“你猜猜,她有没有被薛医生整过容呢?”

苏蕙心里一动。按理说,整容师的妻子近水楼台,想整容是轻而易举的事。只是,如果整容师按照自己的意图整出一个绝色美人,那么,自己的妻子是自己的作品,面对起来会是怎样一种感觉呢?

“知道吗? 薛医生的妻子自他们结婚后就没再露过面。有人说她失踪了,有人说她已经死了。”小护士接着在苏蕙耳边嘀咕。

苏蕙的目光离开照片,看了一眼小护士,心里生出几分厌恶。这个小护士,年纪不大可真是个长舌妇! 但小护士说的话对苏蕙还是极有吸引力的。人,对于别人的隐私都有种本能的探究。

“你是怎么知道这些的?”苏蕙问。小护士笑笑说:“这,我们医院里人人都知道的。这周日是我们医院建院二十周年庆典,薛医生已经答应要带妻子参加的,那时就真相大白了。怎么样? 有兴趣吗? 你可以作为嘉宾参加的。”

小护士的眼睛里露出诡异的神情,令苏蕙心头一冷。

## 2

苏蕙下了班,无所事事地在商场里逛着。那条裙子蛮不错的,只是一想到要花去大半个月的薪水,苏蕙就还给了老板娘。老板娘不甘心没卖掉，嘴里还不停地夸赞苏蕙身材好，穿上这条裙子如何的光彩照人。苏蕙抱歉地笑了一下，转身离开，忽然看到一个熟悉的身影。她叫道："薛医生！"

薛元回过头，眼中掠过惊喜的光芒。他手里拎着两个大大的袋子，看包装，一定是女装。

苏蕙觉得有些奇怪——很少有男人自己去给妻子买衣服的。看来那个小护士说得对，薛元的妻子一定有问题。苏蕙一边想着一边有了主意，就问："给你爱人买衣服呢？我可以欣赏一下吗？"

薛元微微一愣，但随即点点头。他们走到旁边的休息区坐下，薛元叫了两杯冷饮。

袋子里居然装着她刚才想买却没舍得买的那条裙子。薛元看到苏蕙眼里的喜爱，说："喜欢就送给你吧。"苏蕙连忙摇头："我可不想夺人所爱，你爱人穿上一定很合适。"

薛元眼里荡过一丝阴郁的光，苏蕙很细心地捕捉到了。她问："你爱人一定很漂亮吧？"薛元点点头："是的，和你一样，是天生丽质的美。"

苏蕙心头一动：薛元这样说是什么意思？是暗示他的妻子没有被他整过容吗？但这不是此地无银吗？

薛元从口袋里掏出两张卡片递给苏蕙："我们医院本周日院庆，欢迎你和林心怡以嘉宾的身份参加。"

苏蕙接过来，卡片正面印着"贵宾卡"，背面是整容广告。她问薛元："你爱人参加吗？"

薛元不置可否地说："也许会去吧。"然后他以审判性的眼光上下打量着苏蕙，从头到脚，又从脚到头。苏蕙被他的目光弄得很不自然。薛元看了一会儿,感叹道:“真是完美啊! 连我这个极其挑剔的整容师都找不到美玉的瑕疵呢。”

晚上林心怡来到苏蕙家。苏蕙看着林心怡曲线毕露的魔鬼身材,眨眨眼说:“鬼斧神工呀!”林心怡嫣然一笑:“我这人工的可不敢跟你天然的比啊!”两个人闹成一团。

林心怡突然神秘地说:“知道吗? 那个整容师已经结过婚了。”然后她叹了口气:“这么优秀的男人却‘名主有花’了,可惜可惜。”苏蕙一推林心怡:“你这个花痴,原来在打他的主意呀。”

那条裙子任婉儿穿上可真合适。任婉儿在薛元怀里转了一圈,抱住他的脖子说:“你真好! 这回原谅你了。下次你若再提到你那妖怪老婆,我可真的不理你了!”

薛元摸着任婉儿的下巴说:“让我整整吧。你的下巴若再尖一些,便完美无瑕了。”任婉儿笑嘻嘻地说:“你若喜欢,随你啦。反正我身上哪一块你不动刀你便不罢休!”薛元高兴了,边褪她的裙子,边吻她那白玉般的身体,直吻得她娇喘连连。薛元在兴奋的最高点不由自主又要叫那个潜意识里的名字“雪玉”,却忽然听到任婉儿满足的笑声。他清醒了,暗自庆幸没有叫出那个名字,否则后果又不堪设想了。

任婉儿舒展着美丽的身体,眼含忧怨地说:“你又要回去了吗? 你就那样舍不得你的妖怪老婆!”

深夜十一点,薛元轻轻推开卧室的门。一个优美的倩影侧身躺在床上,看样子是熟睡了。薛元轻轻地吁了口气,刚想躺下,那个倩影却突然转过身来。

那个优美的倩影却有着一张恐怖狰狞的脸——五官完全变了形,找不到眉毛，找不到眼皮，阴森森的黑洞里射出冷嗖嗖的光。鼻梁已经没有了，只剩下两个黑漆漆的洞。嘴唇翻卷着，没有皮，露出红红的肉和雪白的牙齿。薛元觉得头皮一阵发麻，厌恶地转身躺下。

“薛元！”那个魔鬼一样的女人叫着他的名字，“你到底什么时候肯给我整容？”说着，她翻身骑在薛元身上，用肉乎乎的唇去吻薛元的脸。薛元浑身的毛孔都奓起来了，紧闭着眼，推开身上的女人。“雪玉”，他说，“我今天累了。等你的伤口彻底长好，我才能给你整容。”

被唤做雪玉的女人发出一阵凄厉的哭声，在夜半时分令人毛骨悚然。

## 3

薛元昨夜没有睡好，早晨上班的时候觉得有些疲惫。他对小护士说：“小夏，你帮我查一下今天上午的预约记录。”

小夏三蹦两跳地闪到了薛元跟前：“薛医生，上午有两位客人。八点半林心怡，十点言石。”

薛元望着办公桌上的照片出神，脸上流露出不可捉摸的神情。小夏斜了一眼，趁机问：“薛医生，你爱人后天来吗？”薛元回过神来，点头：“来，当然来！”

这时一个漂亮的女孩出现在他们面前。薛元冲她微笑了一下：“林小姐，你来了！我们到隔壁谈！”

薛元站起来，领着林心怡往外走。小夏在他们身后撇了撇嘴巴。

林心怡离开医院的时候，看见一个高个子男人迎面走来。她无意看了一眼他的脸，差点惊叫出来。与男人擦身而过之后，她的心还怦怦直跳，连步子都走不稳。她心有余悸地回头看了看，谁知男人也在回头看她。第二眼看到男人的脸，林心怡险些栽倒。她尖叫了一声，趺趺撞撞地跑开了。

那是怎样一张脸啊！整张脸都是紫红色的伤疤和暗红色的皮肉，没有眉毛，没有眼皮，没有鼻子。几个轮廓模糊不清的黑洞分布不均地在重重叠叠的疤痕中张开，露着寒光。最可怕的是，那人竟咧开黑洞朝她笑了，露出白森森的牙齿……

一整天，林心怡都在想着那张邪恶恐怖的脸，不停地打着寒战。夜里林心怡几次被噩梦惊醒，醒来后她在想：是什么样的灾难让那张脸毁成那样呢？

苏蕙终于在院庆时见到了薛元医生的妻子。苏蕙是一个人去的，林心怡说她不舒服没有去。薛元向大家介绍他旁边的女人："这是我的爱人杨雪玉。"几乎所有人的目光都集中到那个光彩照人的女人身上，苏蕙更是看得仔细。看薛元的妻子是个什么样的女人，这是苏蕙参加院庆的目的，直觉告诉她这里面一定有很大的文章。

杨雪玉穿着黑色套装，戴了一串水晶项链，样貌不俗。苏蕙暗中跟薛元办公桌上的照片作了对比，没有看出来外表有什么差别，但似乎觉得杨雪玉本人并没有照片上的那种神韵，似乎少了一点内在的东西。难道照片中的女人与眼前的女人不是同一个人？苏蕙暗自揣测着，细想又觉得这个想法有些荒唐。

薛元朝苏蕙走过来，冲她一笑。苏蕙又一次觉得心中的堡垒在瞬间坍塌——那是多么无邪的笑容啊！薛元说："晚会过后有个聚餐，你也去吧。"苏蕙摇摇头说："不了。你的爱人……果然是个美人。"

薛元看着杨雪玉那张魔鬼般的脸说："可以开始了。"那张脸挤出一个笑容，可是那笑容太过恐怖以至于薛元将目光移开。雪玉在床上躺好，薛元打开无影灯，戴上手套。他从手术包里取出一支细细的针筒，装上又尖又长的针头，又打开一个小瓶子，将无色的液体熟练地吸进针筒。

“先打麻药，不然很疼的。”他说着，将针头扎入雪玉的胳膊里，将液体缓缓注入她的身体。然后，他用平静的目光望着床上的雪玉。

雪玉的身体开始痉挛，狰狞的面目更加扭曲。雪玉颤抖着，用最后的力气喊道：“薛元，你……你这个魔……鬼！”接着，她开始剧烈地喘息，一口鲜血从嘴里喷射出来，弄脏了雪白的床单，薛元的白大褂也溅上了几滴。

薛元的脸抽搐了一下。看着雪玉慢慢地停止挣扎，他吁了口气，轻声说：“你必须死，因为，你怎么做也不如我心爱的雪玉。”

他将她抱起来，抱进卫生间的浴池里，然后倒满散发着刺鼻气味的液体。他默默地看着浴池里的液体由白变红，再由红变黑。然后，他打开排水管，看着黑色的浓液慢慢流尽。他擦了擦额头上的汗珠，放进自来水，将浴池冲洗干净。

他将她留下的血迹清理好，洗了个澡，倒了一杯浓茶慢慢地啜着。过了一会儿，他抓起电话拨了串号码，对接电话的女人说：“婉儿，我已经让她消失了。以后，你就是我的妻子，叫做杨雪玉。”

## 4

“没别的办法吗？”他绝望地看着薛元。

“没有了，只能这样，但我保证可以做得天衣无缝。”薛元的眼中闪过一丝不易察觉的诡异。对面的男人，如果还可以称做男人，或者说如果还可以称做人，他将面具重新戴好，这样看起来他的样子非常滑稽，但已经不会再吓着胆小的人了。他站起来，可以看得出他个子很高，足有一米八五，比薛元高出半个头来。

任婉儿整整一天待在家里无所事事。她已经将每个角落收拾得一尘不染了。空气里弥漫着淡淡的茉莉香气，这是薛元喜欢的味道。任婉儿站在巨大的落地镜前打量着自己，那种从头到脚的陌生感让她觉得心里面一阵阵发虚。她原来不是这个样子的，是薛元的那双手一点一点让她脱胎换骨。任婉儿承认，她以前的样子真的不好看，但她现在宁愿变回原来的样子。

她叹了口气，拉开衣橱。衣橱里挂着满满的衣服，都是薛元的妻子留下来的。她的耳边突然闪过薛元的那句话："从现在起，你就是杨雪玉了，不再是任婉儿。任婉儿已经死了，而杨雪玉仍然活着。"

她的手指灵活地在一件件衣服上面滑过，最后落在一套黑色真丝裙子上。她脱去睡衣，将杨雪玉的裙子套在身上。

刚好合适。任婉儿满意地整了整头发，幽灵般出了门。

走出小区的时候，她看见小区的门口站着一个男人，个子很高，戴着一张红色的狐狸面具。狐狸面具咧着嘴朝她笑着，有种说不出的诡异。

她在街上闲逛了一圈，用薛元给她的钱买了几身衣服。被薛元整过容后，她苗条多了，以前的衣服都不能穿了。她当然不愿意穿雪玉的衣服。雪玉已经死了，没有人愿意穿死人留下来的衣服。

回家的时候，那个戴着红色狐狸面具的男人居然还站在那里。那张面具搞得她心神不定。她扭过脸假装没有看到，匆匆往家里走。谁知正走着，她突然被人从后面抓住。她惊愕地回头，是那个戴面具的男人。她下意识高喊了一声，声音打着战。男人于是放了手。任婉儿趁机逃离，飞快地往家跑。

她惊魂未定地打开家门，看到薛元正坐在沙发上。她扑进他的怀里哭道："刚才有个男人，戴着一张面具……他抓住我，他抓住我！"

她的身子发着抖。他紧紧地抱着她，拍打着她的背："好了好了，没事的。"任婉儿没有看到，薛元的眉微微蹙着。

过了一会儿，任婉儿像是想起了什么。她跳出薛元的怀抱，在屋子里面来回走着。她神经质地问薛元："你那个妖怪老婆呢？你杀了她，把她藏到哪儿了？她的尸体是不是就在这间房子里？啊？"

林心怡早上去上班，同事们差点没有认出她来。"天哪！"，女同事们惊愕地叫着，"你们看，她变得多美啊！"林心怡有些尴尬地站在那里。她在瞬间有些后悔为什么要一次次听薛元的话，任他摆布。她觉得薛元身上有种巨大的魔力，让她无法抗拒。但她从同事们的目光中知道了什么叫做"惊艳"，虚荣心得到了充分满足。

林心怡换了工作装坐在柜台后面，熟练地办理着各种业务，指间的动作轻盈优美。

一沓厚厚的钞票从玻璃上的小窗递过来。林心怡边接边习惯性地看一眼递钱的储户。接钱的手僵住了，她看到的是一张面具。她差点叫出声来，以为碰上歹徒了。"小姐，不要怕。替我存上这笔钱，一万元，存期一年。"一个温和的男中音响起，然后，一张身份证递过来。

她的心仍然扑腾扑腾跳着。接过身份证，她看到照片上是一个极其英俊的男人，脸部轮廓有着亚洲人少见的立体感。"言石"，一个奇怪的名字，出生日期是 1975 年 1 月 10 日。

林心怡让自己镇定下来，点钞，打印存单。手续办完的时候，戴面具的男人说:“谢谢你,祝你永远美丽。”

她看着那个男人走出储蓄所的大门,才缓缓地舒出那口气来。对面的同事安森关切地问:“心怡,你不舒服吗?”

林心怡忽然想起她上个月离开整容医院时遇到的那个恐怖的男人。她的脸色更苍白了。她努力朝安森浮出一个浅笑,喃喃地说:“我没事。”

## 5

“蕙蕙,这些天你哪儿去了?”话筒里传来林心怡甜甜的声音。苏蕙反问:“你呢? 不是也蒸发掉了吗?”“蕙蕙,晚上有没有时间? 七点钟老地方见,我有惊喜哦。”“鬼丫头,玩儿惊喜谁不会,你等着吧。”苏蕙挂了电话,仰面靠在沙发上笑了。这些天她真的忙——忙着情事。晚上带那个英俊的男人给林心怡看,看她还说薛元是最帅的男人不。

任婉儿无意中看见薛元将一个黑色皮包放在衣柜的最底层。她不动声色,等薛元离开之后才迫不及待地打开柜子。拉开皮包的拉链,里面是一个精美的相框。

任婉儿如遭电击。她站起来,将相框的正面对着衣柜的穿衣镜。镜子里的她面色灰白,神情怪异;相片里的脸却丰润妖媚,顾盼生姿。

她早该想到的! 或者说,那隐隐浮现的预感是对的。如今,她的外表一丝一毫都是杨雪玉,不再是任婉儿! 她又想到了什么,一件一件地翻着衣柜里的那些衣服,真的找到了照片里杨雪玉穿的那件红色毛衫!

她跌坐在地板上,处于一种精神上的游离状态。在此之前,她一直生活在他的谎言里。她相信他,也许是她强迫自己去相信他,因为,她爱他。

其实，她早已失去了自我。每一夜，薛元总会在最为酣畅的那一刻忘情地唤她“雪玉”，而她，总是在那时从巅峰跌入冰窟，心灰意冷。

原来杨雪玉竟是这样一个绝色美人，并非薛元所说的相貌平平。她抚摸着自己那张与雪玉一模一样的脸，想道：雪玉的毁容也许并非意外！如果是这样，薛元既然可以让自己成为美人，也可以让自己成为妖怪！

苏蕙见到了一个全新的林心怡。苏蕙甚至没有认出来是她，以为她是……直到苏蕙听到熟悉的甜美嗓音。

“天哪！”苏蕙如置身梦境般低呼。

“蕙蕙，怎么样？没把你吓晕吧？”林心怡开心地笑着，但那笑容不是苏蕙熟悉的林心怡式的，而是杨雪玉式的。天哪！那个薛元竟把好端端的林心怡整成他妻子的样子！苏蕙的大脑像是出了故障，停止运转。

“哈哈，”林心怡更开心了，“你的反应比我预想的还要强烈啊。”

林心怡这句话让苏蕙不得不接受这样的现实。苏蕙不知该说什么，直觉告诉她林心怡已经处在一个极其险恶的阴谋之中。但这是个什么样的阴谋，苏蕙猜测不到，这样的不可知更让她心神不定。

苏蕙不知道要不要告诉林心怡。作为好朋友，她该说的，只是如何说呢？苏蕙暗暗苦笑。她甚至忘了她原本打算给林心怡一个怎样的惊喜，直到他忍不住出现在她们面前。

看到那张英俊的脸，苏蕙才清醒过来：“心怡，给你介绍一下，这是言石！”

这回轮到林心怡吃惊了。“言石……”她心里默念着。他没有戴那张面具，这是一张多么精致的脸啊。对，精致的脸，这是林心怡能找到的最为准确的形容词。同时，她从苏蕙的表情上断定，言石与苏蕙的关系已经非同一般了。

他们三人的相遇，吃惊的好像并不止苏蕙和林心怡。真正吃惊的是言石，他呆若木鸡。

苏蕙洗了澡，换上一件缀满蕾丝的睡衣，妖娆妩媚。她不明白言石为什么每次洗澡都要背着她。她听着卫生间里哗哗的水声，思绪还停留在“换了脸”的林心怡那里。

就在这时，洗手间里，言石对着镜子，将手放到额上，慢慢地将他那张英俊的脸揭下来。那张富有弹性的脸皮揭下来之后，他的脸刹那间狰狞恐怖：整张脸都是紫红色的伤疤和暗红色的皮肉，没有眉毛，没有眼皮，没有鼻子。几个轮廓模糊不清的黑洞分布不均地在重重叠叠的疤痕中张开……

他对着镜子苦笑了一下，使那张丑陋的脸更加扭曲。他取出一瓶标着男士浴液的瓶子，在面盆里倒了一些，再兑上清水。搅匀之后，他将取下的那张脸皮放进面盆里泡着。这是薛元医生交代的，这种特别配方的溶液能够保持那张假脸永远鲜活，富有弹性。

然后，言石脱光衣服，打开淋浴，温热的水流在他光洁健康的躯体上飞溅开来。躯体是健美的，肌肉匀称富有质感。

十分钟后言石走进卧室，苏蕙正斜躺在淡橘色的床罩上冲他微笑。他的血液开始加速度在血管里奔流。他俯下身吻她，她洁白细长的手指轻抚他富有弹性的脸。她的唇也移了过去。她感到他那张英俊的脸上有股淡淡的甘甜，那种甘甜一直蔓延到心间。

## 6

早上任婉儿睡眼惺忪地到洗手间洗漱。她一边拧开热水管,一边习惯性地抬头向镜子望去。然后,她整个人被一种巨大的惊恐震住了:她看到自己的脸上布满伤痕,五官都消失了,只是模糊的一团血肉……

“啊——”她尖叫起来。然后,她感到有人抱着她晃动着,“宝贝,你怎么了? 醒醒啊。”是薛元的声音。她睁开眼睛,看到薛元的脸上满是关切与焦灼。她神经质地举起双手摸自己的脸,触觉是柔滑细嫩的。她跳下床,找到镜子,镜子里是一张惊魂未定的脸,面色苍白,汗水涔涔,不过是美丽完整的。

她吁了口气:是梦,一场噩梦。她安慰着自己,但仍摆脱不了巨大的恐惧。她用低沉的嗓音问薛元:“杨雪玉是怎么毁容的?”

薛元揽过任婉儿:“又做噩梦了?”任婉儿挣扎了一下:“我问你,杨雪玉的脸是怎么被毁的?”薛元用手掌擦去任婉儿额头上的汗珠,温柔地说:“我不是告诉过你了吗,是意外!”“是什么样的意外?”任婉儿逼问着。

薛元松开任婉儿,将自己扔回床上,声音沉闷:“你怎么总是要揭开我的伤疤? 我不愿再去回忆那些可怕的往事了!”

任婉儿冷笑一声,想说:“你是心虚吧。”但她没说,因为她怕。她对面的男人纯真的外表下是怎样的灵魂呢? 她怕,怕自己成为第二个杨雪玉。

林心怡满腹心事地坐在柜台后面。她已经跟同事们产生了隔阂,那隔阂缘于她全新的容貌。这种隔阂无关嫉妒,有关陌生。她想起苏蕙看她的眼神,不禁叹了口气。连最好的朋友都不能接受她这张脸,何况同事们呢？

她机械而又麻木地办理着客户交来的各项业务，因为精神不集中，好几次险些出现差错。"喂，你注意一点！"对面的安森将一张单据掷给她。怎么了？她看了看，惊出一身冷汗：多敲了个零，五万变做五十万，好险！

她心有余悸地看了一眼安森，看到的是一张失望和厌烦的脸。她更正着存单，泪水不禁溢满眼眶。爱美有什么过错？变得美了又有何罪？为什么每个人都不再喜欢她？安森原来是喜欢她的，她一直明白。可是如今他的感情已经不在了，他喜欢的是原来的她——那个姿色虽不出众但有着小家碧玉般清纯的林心怡。

好不容易挨到了下班，林心怡长舒了口气。电话响了，是苏蕙的声音："心怡，晚上老地方见，我想跟你说点事，你一定要去的，为了你自己。"就像是冰天雪地里一块灼热的炭火，苏蕙的话语让林心怡失落的心有了着落。

"心怡，门外有人找。"同事喊她。"哦。"林心怡一边换上便装，一边走出储蓄所的门。门外是一个有些眼熟的女孩，小巧可人，只是一时想不起是谁。

"心怡，我是薛元的助手小夏啊。"原来是小夏护士，林心怡恍然大悟，怪不得眼熟呢。她奇怪，小夏来找她有什么事情呢？

小夏将林心怡拉到没人的地方，小声对她说："心怡姐，我是觉得你是个好人才提醒你的。那个薛医生，他不是个好人，你最好防备着他。"林心怡疑惑地看着小夏，似乎不明白她的话是什么意思。小夏有些急了："心怡姐，你可要记住我说的话啊！我现在不能告诉你原因，因为我也说不清楚。我是为了你好才提醒你的，你要相信我，一定要擦亮眼睛啊。”

小夏走了，留下林心怡一个人愣着。这个小夏，她不是爱上了薛元才这么说的吧？她是怕林心怡成为她的情敌吧？林心怡想到这里摇摇头，轻轻地笑了。

离薛元下班还早，任婉儿正心不在焉地看着电视，门铃响了。

打开门，来人是一个极其英俊的男人，个子很高，娇小的任婉儿只到他肩膀的位置。

“你找谁？”任婉儿不安地问。

英俊男人笑了笑，笑容温柔且迷人：“你是杨雪玉吧，我是言石。我有话要跟你说，能让我进去吗？”

任婉儿犹豫了一下，还是将言石让进房门。没有人能够拒绝这样一个外表迷人的男人。

男人在沙发上坐定，声音不高却令任婉儿险些晕倒：“你不是杨雪玉！”

任婉儿当即失语。她强作镇定地微笑了一下，嘴角却在抽搐。过了好久她才问：“你到底是什么人？”

言石用嘲弄的表情看着她惊慌失措的样子，举起手臂，手指灵活地将自己的脸揭下来。

“啊——”任婉儿尖叫一声，便瘫倒在沙发上。

等她睁开眼睛时，言石已经恢复了英俊的面孔。任婉儿像被人抽去了筋骨一样不能动弹，缩在沙发里。

言石轻轻对她笑了笑。他问：“想听故事吗？”

## 7

林心怡的面色渐渐变得灰暗，既而沮丧、惊恐。

“蕙蕙,怎么办啊?薛元为什么要这样做?”

苏蕙蹙着眉:“心怡,我觉得薛元办公桌上的照片和他的妻子并不是同一个人。”林心怡说:“我怎么没有注意他桌子上的照片呢?那天医院庆典,薛元刚给我做了第一次整容术,我正在家休息呢。蕙蕙,你凭什么断定那不是同一个人呢?”

苏蕙姣美的脸上浮上了一层阴郁:“心怡,薛元是个技术高超的整容师,做张脸对他来说不是难事。他既然将你弄成这样,也会将别人弄成这样。也许,你是第N个!”

林心怡一惊:“他这样做有什么目的呢?都怪我,被他所迷惑,我……”她用手捏着自己的脸,那张完美的足以吸引任何人的脸。

“心怡,不如我趁薛元上班时去他家看看,和她的妻子谈谈。”苏蕙有了主意,“我有他的名片,上面有他的地址。”

心怡犹豫着点点头。

任婉儿死人般瘫在沙发上,而思维还在进行。她忽然想到了那个戴着红色狐狸面具的男人,对,就是眼前这个人!他的脸……刚才他是将他的脸揭下来了,那张英俊的面孔之下是一张魔鬼般丑陋狰狞的脸!

现在这个自称言石的男人就坐在她的面前,离她不过半米的距离。他望着她轻轻地笑着,那笑容让任婉儿心里一阵阵发冷。言石说:“想听故事吗?一个天使与魔鬼的故事。”

正在这时,有钥匙在锁孔里转动的声音。然后,门开了,薛元走了进来。

言石看到薛元,没有防备的他瞬间有些失措。他没有料到薛元今天提前了一个多小时下班回家。片刻之后他恢复了镇定,站起身来冲薛元礼貌地说:“对不起,打扰了。”

薛元的脸上明显挂着不悦。他扫了一眼沙发上的任婉儿,表情怪异地问言石:“你跟她说什么了?”

言石笑了:“我什么都没说呢,不信你问她。”

任婉儿终于从沙发上站起来,靠在薛元的胸前,手臂环着他的腰,喃喃地说:“元,你让他走,我什么都不想听,什么都不想知道!”

薛元暗自一笑:她是多么聪明的女人呀。可有时候聪明并不是好事呢。看来,得提前行动了。

第二天上午,苏蕙敲响薛元家的门。过了好一会儿,门终于开了。出乎她的意料,门里站着的竟是薛元本人。苏蕙一惊,但马上恢复了镇定。她冲薛元一笑:“薛医生,不欢迎我吗?”薛元也回过神来,连连笑着点头:“美女驾到,失敬失敬!”

薛元将苏蕙让进客厅,请她坐到沙发上,给她倒了杯果汁:“不知苏小妹有何事找我啊?”

苏蕙呷了口果汁,随口说道:“我有个小姐妹想割个双眼皮,想请薛大医生做呢。”

薛元说:“做个双眼皮对我来说岂不是小事一桩?她本人怎么没来?”

苏蕙说:“她呀,不好意思呗。干脆我让她什么时候直接去找你吧。对了,你一个人在家呀?嫂子呢?”

薛元的脸色突变,为了掩饰失态,他重重地叹了口气:“她生病了!”

“哦,那不好意思,我就不打扰了。你好好儿照顾嫂子,我先走了。”苏蕙说着站起来要走。

就在这时,卧室里发出女人凄厉的叫声。苏蕙的心猛一颤,回头朝卧室方向望去。

卧室的门紧紧关着。薛元忙说:“不好意思,我妻子发病之后喜怒无常,让你受惊了。”

苏蕙看了一眼面色慌张的薛元,不动声色,一边说着告辞的话,一边走出薛元的家。就在那扇门即将关上的时候,苏蕙最后望了一眼那间发出凄厉叫声的卧室,谁知那一眼让她魂飞魄散!

“砰!”房门关上了。

突如其来的惊惧让苏蕙全身发软。她定了定神,匆匆离开薛元的家,那骇人的一幕还在她的脑海中回荡。

——就在房门关上的瞬间,她看到卧室的门开了一道缝,一张脸露了出来。那是怎样的一张脸啊,鲜血淋淋,皮肉模糊,五官不辨……苏蕙的心一阵剧烈地收缩,那凄厉的叫声似乎还在撞击她的耳膜……

## 8

“心怡,你答应他了? 你疯了!”苏蕙在电话里大叫。她这两天持续做着噩梦,一想到那幕情景就非常后怕。

“是的,蕙蕙,我答应他了,已经辞了储蓄所的工作。我不再是林心怡了,我要做杨雪玉。”林心怡的声音很平静,平静得有些可怕。

“心怡,是什么让你鬼迷心窍了? 是他威胁你吗? 你不要怕,我们可以去揭发他的!”

林心怡沉默了片刻,轻声而又清晰地说:“蕙蕙,你听说过无间道吗?”

苏蕙愣了一下,然后急切地说:“心怡,你这是去送死啊!”

“蕙蕙,我已经没有其他选择了。从我接受薛元的整容术那天起,我便走上这条无间道了。”林心怡说完挂断了电话,隔断了苏蕙急切的呼唤。

薛元凝视着林心怡，露出他那一贯迷惑人的纯真笑容。他没有想到她这样单纯，他说什么她便信了。不像那个任婉儿，总是疑神疑鬼的。或许这一次，她可以做他永远的雪玉。

他望着她美好的样子，精神渐渐恍惚。他觉得他像是回到了十年前，他初见杨雪玉的时候。他初见她，惊为天人，她完美的容颜和身体是他无尽的向往。而现在，她就在他的面前。只要他一伸手，她就会属于自己。

是的，属于自己，完完全全地属于自己。他情不自禁地唤她的名字："雪玉！"

他开始吻她，吻她的每一寸肌肤。那雪样的、玉般的肌肤。他看到了她的笑容，那迷人的笑容让他发狂。他觉得他被她牵动着，攀升着，飞起来了，四周是云是雾。忽然，他们从云端跌下来了，就在那畅快的瞬间，他不能自已地叫她的名字："雪玉！"

言石把自己关在浴室里，像往常一样揭下那张英俊的脸。他打开一瓶新的"浴液"，这瓶"浴液"是才从薛元那里拿的，原来的一瓶已经用完了。

他洗完澡，将那张脸从水盆里捞出来，擦干净，戴好。他无意地摸了摸"脸"，觉得跟往常不太一样，微微有些发黏。但他没有在意。他想，可能是天气太热了。

他回到卧室的时候，苏蕙就像往常一样，以迷人的姿势躺在淡绿色的床罩上，天生丽质的外表，与生俱来的高贵气质。是的，那气质就像一个人。一个永远逝去了的人，一个永远印在他心底的人。是的，那个人正是杨雪玉。

他们像往常那样拥抱，亲吻，做爱，然后相拥而眠。室内的冷气开得恰到好处，让他们已经充分释放的每一寸肌肤都舒适而惬意。

夜里苏蕙起床小解，她将绕着言石脖子的胳膊抽出来，却觉得胳膊上黏乎乎的。他怎么出了这么多汗？空调已经开得够低了的。她边嘀咕着边打开床头的壁灯，那柔和的浅橘色的灯光下，她看了看身边英俊的男友，却突然觉得天旋地转，来不及叫出声来就晕倒在床上。

言石被她的动静惊醒，疑惑地推了推横在床上的苏蕙。她穿着蕾丝边的睡衣，脸朝下，原本红润的脸颊上没有一丝血色。这时候他觉得脖子上有黏乎乎的液体，一种可怕的预感浮上来。他用颤抖的手摸了摸自己的脸，不禁全身都战栗起来。

那张假脸已经化掉了，露出他本来的面目。那个被这一切吓晕过去的女人还神志不清地躺在那里。

阵阵心酸袭上他的心头。

他将她的头放在枕头上，盖上薄薄的凉被。他很想最后再吻吻她水果色的唇，却忍住了。他怕她突然醒过来，再受到更大的惊吓。

他将一封早已写好的信放在她的枕边，然后收拾好自己的东西，走出家门。

## 9

清晨的阳光透过淡紫色的窗帘照亮了房间。薛元在林心怡脸颊上亲了又亲。他甚至不想去上班了。他留恋着这个女人，虽然天一亮他便明白她并不是那个她，但她又如何不如他心中的她呢？他心里一直留恋的只不过是个水性杨花的女人，怎么可以跟眼前这个女人相比呢？

眼前的这个女人，她纯洁无瑕，天使般微笑着对他说："元，快去上班吧，晚上早些回来。"

他觉得自己幸福极了。他几乎从来不曾体验过这样的幸福。这才是他向往的雪玉啊，雪般的容颜，玉般的心灵。他忍不住又去吻她娇嫩的唇，迷失在她无边的温柔里。

薛元终于走了，林心怡长长地舒了口气。薛元，他的确是个让女人痴迷的男人。从昨天到今天，她几乎淡忘了那些恐怖的传言。他的眼神是多么纯真无邪啊，有这样纯真无邪眼神的人，怎会有一个魔鬼般的灵魂呢？她觉得她应该是一直爱着他的，不然怎么会这么心甘情愿地将自己交给他，在他手里一点一点凋零，又一点一点盛开。

她知道，这一切或许都是假象，但她甘愿生活在这样一个假象里。她甚至觉得如果能与他过一段这样缠绵的生活，死在他手里都愿意。

她就这样感叹着，憧憬着，沉浸在自我营造的氛围当中。直到邮差按响了门铃，将她拉回到现实。

她穿着浅绿色的家居服开门，门外站着一个深绿色的人。她愣了愣，才明白他是送信的。

如今的年月，谁还会不嫌麻烦地寄信？

邮差问她："你是叫杨雪玉吗？"

她略微迟疑了一下说："是的。"

"有一封挂号信，麻烦你签收一下。"邮差递过来一封信，并不厚，但足以让她心惊。

送走邮差，她坐在乳白色的沙发上，拆那封信，不知怎的手抖得厉害。这个时候，她已经从刚才那海市蜃楼般的意境里回到现实。她记起她来这里最初的想法。是的，是薛元将原来的那个她毁了。所以，她要找到他的罪证，揭穿他的阴谋！

信不长，但足以让她冷汗直冒，此刻她才相信自己真的处在一个极其险恶的境地！

信的内容是这样的：

朋友，我不知该如何称呼你，只希望写这封信会对你有所帮助。

你一定想知道我是谁，其实这并不重要。我是谁？这个问题我也曾问过自己，却一次又一次地迷失在答案里。我想，或许，你也是这样。

你身边的男人，他有着一张天使般的脸，可以给你无尽的留恋，他有着一双天使般的手，可以将你变成美人，然而，他有着一个魔鬼的灵魂。我是这样形容的：魔鬼般的灵魂。

他为了找回那个背叛过他的人，便用那双天使般的手创造出另外一个她。但他无法从他的"作品"上找到想要的感觉。他愤怒，他绝望，于是他便毁了他的"作品"，创造另外的作品。也许他想，总有一天能够创造出一个他所满意的作品吧。

你明白的，那个"作品"便是我。你无法想象我所承受的一切。所以，我设想你存在，就让我告诉你这一切，不要让你成为又一个我。

你要问：为什么不揭发他？我的回答在你看来也许是可笑甚至可怜的。是的，我爱他，也许就像你爱他那样。我已经没有明天了，所以我甘愿消失在他的手里。我是为他而生的，所以，就让我为他死去吧。我只愿你和我不一样，愿你比我幸运，可以逃脱这个魔穴。

我将这封信寄存在一个我可以相信的人那里，他将会按照我的意愿在三个月后寄出这封信。我愿我设想的你是存在的，并会对你有所帮助。当然我更愿你是不存在的，但愿他已经醒悟，结束了这场罪恶。

我会在天堂里祝福你，愿每一个为爱付出的人都能有所收获。

## 10

薛元怀着轻快的心情推开家门。他一整天都在想着他全新的“雪玉”。她唤醒了他早已扭曲了的心灵美好的一面。他才知道真的还可以有这种真切的幸福。他飘飘然，他恍如隔世。他似乎真的回到了很久以前的那段美好却短暂的时光里。

他的“雪玉”背对着他，坐在窗前。傍晚的霞光透过玻璃窗照在她的发上，肤上，像极了一幅油画。他站住，不忍惊动这幅极美的画卷。却突然，她回过头来，像一头受惊的小鹿。

他的心不知何故疼了一下。奇怪，很久没有这样的感觉了。他朝她奔过去，揽住她轻盈的腰肢。他低头吻了一下她的脸颊，却觉得她的身子在发抖。

“怎么了？乖。”他温柔地抚着她苍白的脸。她望着他，眼睛里是迷茫和惊恐。这种神情像一盆冷水淋在他的头上，让他从梦般的境界里醒过来。

唉，她竟然不是他的雪玉。她只是他亲手做的美人。他怅然若失。她为什么害怕他呢？是她知道了什么？这种想法让他惊慌起来。他怕,怕自己费尽心机制造的幸福又白费了。

但他渐渐发现她的目光开始充满温暖。温暖从她的眼睛里漫出来,进入他的眼里。他渐渐又恍惚起来。他想:是自己太敏感太多心了吧。

深夜,他抱着她,就要在淋漓尽致中睡去时,发觉外面起风了,然后是电闪雷鸣。他起身关了空调,打开窗子。他喜欢这样的天气,炎热的夏天里少有的凉爽天气。

他刚刚打开窗子,一股凉风就涌进房间。床上的女人低声说话,但说的什么他没有听清楚。他回过头,看到她坐在床上,乌黑的长发遮住了半张脸,看不到脸上的表情。他准备将窗帘拉好。这时,一道闪电亮起来,照亮了窗外的景物。

薛元家住的是一楼,从窗里向外看,绿树成荫,花红草青,风景很是秀丽。但在这样一个电闪雷鸣的午夜时分,薛元却被窗外的景象吓呆了。他全身的血液在那一刻猛烈地撞击着血管,使血管几乎爆裂。一声炸雷轰响,几乎将薛元的骨头震碎了!

他呆了好一会儿,然后神经质地将窗子关得死死的,窗帘拉得严严的,但这样做并不能隔断他那强烈的恐惧。这时雨落下来,哗哗的雨声撞击着他脆弱的神经。他僵硬地走到床前,看到林心怡用空洞的目光望着他。

她冷笑道:“你是男人,还怕打雷吗?”

他没有在意她这句话里含着嘲弄的成分。他步态笨拙地躺回床上,像换了一个人似的。他想他刚才一定是眼花了,对,一定是眼花了。他看到的一切不可能是真的!她已经死了!是他亲手杀死她的!

就在刚才闪电亮起的瞬间,他在半开着的窗子里,看到窗外离他两米远的地方站着一个女人。那女子不是别人，正是小媛！而且是整容前的小媛，没有变成雪玉模样的小媛！他曾经一度忘记了她整容前的样子，但就在刚才闪电的瞬间，他看到她就站在窗外。她的面容清晰，表情怪异，一双明亮的眼睛瞪着他。

不，人死了是没有灵魂的，作为一个医生，他一直很清楚这一点。但这一刻，他的信念崩溃了。他的确看到了小媛，他手里第一个牺牲品，第二个是任婉儿。

薛元在极度的不安中，感觉到一双手贴在他的后背上，温热柔软。他的身子猛一抖，转过头，看到了林心怡的脸。那张脸上没有任何表情。

林心怡幽幽地问："你刚才看到了什么？"

## 11

当清晨的阳光漫进房间里的时候，苏蕙睁开了双眼。她觉得脑袋里像灌了铅一样沉重，头痛得几乎裂开。她强撑着坐起来，回忆起昨夜的噩梦，那真实而恐怖的噩梦。言石呢？言石去了哪里？她忽然看到枕边放着一封信。她疑惑地拆开信封，展开信纸，然后，她像是被电击中了一样，觉得整个世界都坍塌下来。

原来昨夜的一切并不是场梦，而是真实存在的！天哪，那张恐怖的面容竟然会出现在她深爱的男人脸上。她万万没有想到他那张英俊的脸竟然会是假的！

她一遍又一遍读着那封信，心潮起伏，泪流满面。过了很久，她站起来，打开窗子，让外面的新鲜空气透进来。她深深吸了几口气，一个决定就在那一刻从心底升腾起来，让她自己感动不已。对，她要把他找回来，无论他的外表是英俊的还是丑陋的，他始终是她的唯一！

她将信小心放好。那封信的字字句句已经深深地烙进了她的心底。

心爱的蕙：

无论你是在什么情形下读我的这封信，我都希望你能平安无事。我知道，你终究会知道一切的，假的毕竟是假的，在现实面前，它终将被撕得粉碎，露出本来的面目。

其实我原本是个很平凡的男人。我不英俊，但也绝不丑陋。是薛元这个魔鬼改变了我，他能让我成为天使，也能让我成为魔鬼！

在他那双手的雕琢下，我由一个平凡的男人变成了一个极其英俊的男人。我原本应该感谢他，是的，为了感谢他，我拿了好多礼物找到他家。但我万万没有料到，我竟会与他的妻子一见钟情。你难以想象他的妻子是多么美丽的女人啊！请原谅我在你面前赞美别的女人，我想如果你见过她，一定会理解我的心情。

我们疯狂地相爱了。但这只是一个短暂的故事，很快就以悲剧收场。当我知道她的美貌并无一丝一毫的后天修饰（你明白我指的是什么），我感到了深切的自卑，我的爱失衡了。也就在这时，薛元发现了一切。嫉妒让他发疯，他亲手制造了我，又亲手毁了我。他无法容忍他深爱的妻子竟然与他的“作品”相爱。他杀死了她……

她死得很美，很完整，因为他不愿破坏她，他说她这样一个天生丽质的美女，死也应该在最完美的时刻。

她死的时候非常平静。她的最后一句话是跟我说的。她说，求你了言石，原谅他吧。

因她的这句话，我没有揭发那个恶魔。后来，薛元给我做了一副假脸，我又“恢复”了英俊的容貌。我知道，以他的技艺是可以彻底给我整容的，但他没有，只是给了我一张遮丑布。当然，我知道他为什么这样做。

然后我便遇到了你。坦白地说，我最初爱上你是因为你很像她。并不是外表上的像，而是内在的气质像，举手投足像，一颦一笑像。最重要的是，你和她一样，美得天然，不沾染一丝凡尘。

蕙，我心爱的蕙，心疼的蕙，我是真的爱上了你，这爱再无关他人。可是你知道吗，每次面对你的时候，我都要克制住自己，因为我的灵魂在深爱你的同时也在遭受着强烈的谴责。我欺骗了你，我觉得如此神圣的爱也许在你眼中一钱不值，如果你知道我欺骗你的话。

我不敢让你知道我这张假脸之后是怎样的狰狞恐怖。我也不敢离开你，我怕你成为薛元手中的又一个牺牲品。我害怕他对你下手，因为你的气质和她如此相仿，如果他将你整成她的样子……我并不是胡思乱想，我知道薛元一直在继续着他的魔鬼行径，你的朋友林心怡便是又一个牺牲品！这便是我那天看到她时震惊的原因。可我不敢告诉你，怕你知道所有的真相。

我一直沉浸在这虚假的幸福之中。我不知道这幸福会有多久，但我知道终会结束。所以我准备好这封信，要让你在受惊之后明白这一切，明白我的心思，明白我对你的爱。

蕙，当你看到这封信时，我其实已经解脱了。我也许会远离这个世界，也许会在远离这个世界之前杀了薛元！我不能再听他的话，原谅他。因为，那么多无辜的女人已经付出了容颜，付出了生命。他不能再继续下去了！

蕙，让我最后再对你说一句：我好爱你！愿你早日忘记这可怕的一切。愿你能够拥有幸福的明天，我在天堂里会为你祝福。

## 12

薛元做完当天的最后一项手术，收拾完毕，疲惫地靠在沙发上。他一整天都无法集中精神，原本灵活的手指变得笨拙迟钝，惹得小夏几次向他投来异样的眼光。

小夏换下浅粉色的护士衫，套上一条米色连衣裙，模样可人地走近薛元，手里捧着一杯菊花茶。

“薛医生，你不舒服吗？已经下班了，早些回去吧，嫂子还在家等你呢。”小夏递上茶水，似笑非笑地说。

薛元接过杯子，将茶水一饮而尽，然后用手指轻轻按摩着太阳穴，嘴里含糊不清地说：“哦，你先走吧，我在这儿休息一会儿。”

小夏没再说话，拎起手袋走了。薛元倒在沙发上，闭上眼睛，觉得全身的骨头像散了架一般，四肢无法再按照大脑的指令运行。

他渐渐迷糊起来，朦胧中看到一个年轻女人出现在眼前，面目却模糊一团。他揉揉眼，仔细看去，是雪玉在对着他盈盈轻笑。他刚要去抓她，雪玉却忽然转身，等再回过头来，模样竟变做小媛。小媛面含忧怨，向薛元伸出手指，掐住了他的咽喉。薛元吓得大叫一声，坐了起来，才发觉是梦境。

那梦境让原本心神不定的薛元更加惶恐。他打开灯，看了看墙上的钟，已经是晚上八点半了，他竟然睡了近两个小时。他站起身，理了理头发，收拾好东西离开办公室。

走廊里一盏昏黄的灯亮着。薛元向楼梯口走去，忽然发现有个白色的影子在前面一晃,不见了。诊所已经没有人了,是谁这样鬼鬼祟祟呢?薛元想着,脑子略微清醒了一些,人也走下了楼梯。

他一边向楼后的停车场走去,一边摸出兜里的车钥匙。大楼与车房之间有条小径,两边是树荫草地。他经过一棵梧桐的时候,忽然有个人影从树后冒了出来。

他吓了一跳,定睛看去,是个年轻的女人,穿着一件极短的白裙子,露出修长的美腿。让他惊惧的是,她的脸上戴着一个面具,面具后是一张骷髅脸,黑洞洞的眼眶,白森森的牙齿。

要在平时,薛元一定会认为是谁在跟他开玩笑,但因为昨晚那恐惧的一幕,以及刚才做的那个莫名其妙的梦,此刻的他竟被吓得魂飞魄散。他想逃,却迈不动脚步,想对她出手,却没有一丝勇气。他脸色灰白,张开嘴巴却发不出声来。

这个时候,那个戴骷髅面具的女人发出一阵笑声,笑声凄厉,薛元觉得每根汗毛都在发抖。然后,那个女人轻轻摘掉面具,面具后的脸并不十分美丽,却妩媚动人。

薛元几乎昏厥过去,眼前一阵黑一阵白。

"小媛!"薛元喃喃唤着她的名字,嘴唇哆嗦得厉害,原本标致的脸因极度的恐惧变了形。是小媛,的的确确是小媛,被他整容前的小媛!与昨夜闪电中看到女人一样!

当薛元从惊惧中回过神来,面前的女人已经无影无踪。他因为过度紧张竟然没有看清楚她是怎么不见的,这更加证实了他的可怕猜测——小媛的鬼魂!只有鬼魂才可以这样来无影去无踪。

## 13

薛元面前坐着一个戴着面具的人。红色的狐狸脸面具,带着诡异的笑。面具后面的那双眼睛却如电光一般雪亮,直视着薛元。

薛元笑了,他明知故问:“你怎么又戴上这个了?”

戴面具的男人冷笑道:“薛元,你做了这么多恶事,就不怕遭报应吗?”

薛元的心颤抖了一下,面部肌肉有些僵硬。对面的男人看在眼里,继续说:“林心怡呢?”

薛元面无表情地说道:“言石,你又要多事了。那一次你已经破坏了我们的约定,所以我就给了你个教训。怎么样,滋味好受吗?”

言石突然站起来,抓住薛元的衣领,一字一句地说:“你以为我不敢对你怎样吗?”

薛元不示弱地握住了言石的手腕,言石用力一甩,将薛元甩开。薛元身子一歪,险些摔倒。他扶住桌子,冷笑一声,然后拉开抽屉,取出一样东西掷给言石。

言石将东西拿在手里,是一张精致而富有弹性的手工人脸,和上回薛元给他做的一模一样。薛元又拿出一瓶“浴液”,皮笑肉不笑地说:“我保证这瓶是真品,呵呵。只要你听我的话,守口如瓶,我们井水不犯河水,怎么样?我知道,你需要它的。”

言石将那张人脸扔给薛元,然后将“浴液”摔在地上。他恼怒地说:“你以为我稀罕这个吗?你以为我有了这个就可以心安理得地做男人吗?”

薛元愣了一下,微微一笑:“怎么?是苏蕙发现了吧?那怪你自己,非要去找什么任婉儿,这就是你的下场。”

言石深深吸了口气,以平息自己的怒气。过了一会儿才说话,声音嘶哑:“苏蕙是个好女孩,你不能伤害她。”

薛元沉默了片刻，脸上浮现出怅然之色："她和雪玉一样完美，我怎么舍得伤害她呢？"然后，他换了一副表情，口气也变得温和，"言石，只要你答应做到守口如瓶，我会考虑为你彻底整容，而不是做一张假脸。你真的相信我不能把你整成美男子吗？还有，如果你跟苏蕙说出我的事，那就等于害了她，还会连累到林心怡。这话我跟你说过许多次了，你别不放在心上。你若执意和我作对，我们只能两败俱伤。你懂吗？两败俱伤！"

薛元自从那雷雨之夜起，便开始惧怕黑夜。往常他是喜爱夜晚的。夜晚可以与自己喜欢的人在一起，只是每每觉得良宵苦短。而现在，他却对夜晚越来越恐惧。他害怕做噩梦，害怕再看到死去的小媛。

这样的心态让他失去了对林心怡的热情。不知道是不是自己太敏感，他觉得林心怡也变得越来越冷。她的身体似乎没有一丝温度，冰冷得如同尸体。在炎炎的夏日里，他觉得他们的世界结上了一层厚厚的冰。

薛元从浴室出来的时候，听到浴室窗子的玻璃发出"啪啪"的响声。这响声让他心惊肉跳。他迅速离开浴室回到卧室，淡淡的灯光里，林心怡穿着一件薄薄的水果色的睡衣背对着她，乌黑的头发遮住雪白的肩，这种诱惑击退了恐惧，让他的体内重新升腾出欲望。

他伸出手臂将她拥入怀中，觉得她的身子水般柔软，风般轻盈。他看到了她的脸，那张做得和雪玉几乎一模一样的脸，觉得时空开始错乱。他刚要低头吻下去，却听到窗外发出一阵女人疯狂的笑声。他一惊，停止了动作，朝窗子看去。

窗子是开着的，窗帘在夜风中轻轻飘动。薛元顿觉头皮发麻。这时，女子的笑声又响起，近在咫尺。他的心剧烈地跳动着，低头看了一眼怀中的女人,本想借此平息一下心头的恐慌,不料这一看却惊得跳了起来。

女人朝他浅浅一笑,这笑容令薛元面若土色,连滚带爬逃出家门。他的脑子一片空白,他不知道怀中的林心怡为何突然变成了小媛。这让他不得不相信死去的小媛真的来找他算账了!

他茫然地在夜色里奔逃,却听到女人的笑声又响起来,让他几乎崩溃。他漫无目的地走着,走进一片草地。他的脚步突然停了下来,因为前方有个穿白色短裙的女人正站在草地上,朝他幽幽地笑着。那女子正是小媛。

小媛不声不响地笑着,转过身体。再回头时,竟是一张布满伤痕、五官模糊、狰狞恐怖的脸。这张脸让他想起小媛临死前的样子。薛元再也支撑不住了,眼前一黑栽倒在地。

## 14

言石终于按捺不住强烈的欲念,将关了三天的手机打开。短短几分钟内,短信就塞满了收信箱。言石的心剧烈地跳动着,难以相信那是苏蕙的千呼万唤。

言石一条又一条地翻看着,短信里反反复复只是那句话:“回来吧,言石,无论你是英俊的还是丑陋的,我都会一如既往地爱你……”

言石孩子般哭了。苏蕙的呼唤令他身体里的每一个细胞都在震颤,一直拼命压抑着的思念排山倒海般涌出,将他淹没。在这种无边无际的思念的海洋里,他的心却是那么的沉重,一直沉入海底。他无法呼吸,无法拯救自己。

忽然,手机铃声将那铺天盖地的海浪击退。他用颤抖的手握着手机,看上面那串熟悉的号码在急切地闪烁。他的手指在刹那间沉重得像千斤巨石,他用了全身心的力量才将那千斤巨石按下去。然后,他终于听到了那个魂牵梦萦的声音。

“言石,真的是你吗？言石？你听到我说话了吗？”那个声音抖得变了调,继而哽咽:“言石,是我啊！你说话好吗？”

她的声音让他瞬间充满了力量。有什么客观的因素能够抵挡住人世间最猛烈、最坚硬、最顽强的爱情呢？

苏蕙的面容有些憔悴,但目光依然明亮。她知道对面的男人那张面具后面的脸是怎样的可怕,但她已经可以承受住这样的事实。爱一个人,不是只爱他英俊的外表。

他握着她的手,感动得不能自已:“我以为我不会再见到你了！”

苏蕙哭着笑了:“你真傻,怎么会以为我不爱你了呢？”

他们说了好些平时说不出的肉麻的话,当他们彼此都平静下来,忽然想到了一件非常重要的事情:林心怡！林心怡现在是否无恙？

薛元暂停了全天的手术,像根木头一样坐在办公室里。昨天晚上他醒来时,已经躺在了自家的床上。那个变成鬼脸的小媛,以及变成小媛的林心怡都不见了。他将门窗关得紧紧的,灯开得明亮,如惊弓之鸟度过了漫长而恐惧的一夜。

小夏推门进来了:“薛医生,你不舒服就回家休息吧。”她看了看薛元死人般灰白的脸,知趣地不再说话,默默做着自己的事情。

薛元目光呆滞地看着她手脚麻利地拖地板,收拾房间。小夏穿着浅粉色的护士装,整洁清爽,充满了活力,这让薛元感到了些许的松弛。

天太热了,小夏没有穿丝袜,光脚穿着一双布鞋,露出一截修长的小腿。薛元的目光从她的腿往上移,定格在她的脸上,若有所思。不久，他的眼睛里竟然有了一丝光亮，继而浮出了一丝诡笑。

他不言不语地坐在那里，想着他的心事，一直到晚上八点钟才走出办公室。

他慢慢地下楼，在走出门诊楼时看到前面有个白影一晃就不见了。他停住脚步，转身往回走。他要赌一把，以证实自己的猜测！

他沿着楼梯一直往上走，一边慢走，一边仔细地听，果然听到了脚下传来轻微的脚步声。他的嘴角动了动，那是在笑。

他一直走到六楼，然后沿着窄窄的通道走向天台。天台上空无一物，洒满如水的月光。他站定，目光望向远处一座灯火通明的高楼，脸色十分阴暗。

身后突然传来了女子的笑声，笑声不大却令人毛骨悚然。他猛一回头，还是那个穿着白色短裙的年轻女人，长发过肩，骷髅面具。

“哈哈哈！”女子挥起手臂，摘下面具，一张并不美丽却十分动人的脸庞，在月光下白得瘆人。

“薛元！”女人用怪异的声音叫他的名字，“你杀了我，你可知罪？”

薛元的身子颤了颤，极力掩饰着慌乱：“小媛，你果真做鬼也不放过我吗？”

“哈哈哈！”女人仰天长啸，“你杀了我也就罢了，我怎能容忍你再伤无辜女人？”说着，女人伸出素手，长长的指甲闪着寒光。

薛元一步步向后退去，女人一步步紧逼上来。不一会儿，薛元已经走到了天台一角。一阵风吹来，薛元不由打了个寒战。

“小媛，你是何苦呢？我欠你的下辈子偿还不行吗？你忘了，你曾经说过爱我至深，宁愿为我去死吗？”薛元温柔地说着，“好吧，小媛，你若怨气太重，就杀死我……”薛元正说着，忽然一闪身，动作快得难以置信。

他的双臂用力向女人推去，女人猝不及防仰面摔倒。薛元又飞起一脚，女人大叫一声跌下楼去，长发在空中那么优美地飘飞、滑落……

水泥地上，绽开一大朵鲜红的花儿，染红了女人的白裙子。薛元俯下身去，伸出手指一下子揭去了女人的脸，一张手工做的脸。然后，他“嘿嘿”一笑：果然是她！

## 15

小夏的死震惊了整个医院。薛元作为第一证人接受了警方的调查。薛元满脸悔恨，说小夏一直对他一往情深，只是自己已经有了妻室，所以对她冷淡处之。出事的晚上，他们加班到很晚，单独相处时，小夏情到浓时不能自已，主动投怀送抱，他不冷静地对她恶言责骂。小夏便哭着跑了。谁知他还没有走出医院的门诊大楼，小夏便坠楼身亡……

薛元的叙述令所有的人惊讶而又痛惜。薛元有些后悔，觉得此事闹得大了。早知是小夏在装神弄鬼，他何至于如此害死她呢？都是自己太过心虚！夏小嫚，夏小媛——他早该猜到她们之间的关系！夏小嫚，这个分到他们医院才半年的小护士，是她单纯可爱的外表骗取了他的信任。

他早该确定是她！在他所有的助手中只有她能够做出这样精巧逼真的假脸，以至于在没有阳光的夜晚连她的老师都没有看出破绽！

言石一语不发地坐在地板上，头埋进膝盖里。苏蕙心疼而无助地望着他。重逢之后短暂的喜悦已经过去，他们再也回不到从前。不是因为苏蕙，而是因为言石。他无法戴着一张面具去拥抱她，无法再去亲吻她姣美的面颊。尽管她说她不在乎,甚至要摘下他的面具。而他却执意不肯,拒她于千里之外。他们的痛苦因对方的痛苦而更加强烈。

终于,苏蕙艰难地说出了那句话:“言,要不……你去整容吧。”

言石没有说话,只是颤了一下。苏蕙用温和的语调说:“言,这是横在我们之间的鸿沟。只有消除它,我们才能回到从前。我当然不是让你去找薛元,像薛元那样医术高超的整容师还有很多啊。”

言石终于将头抬了起来,却半晌无语。

林心怡人间蒸发了。尽管薛元发誓说他没有伤害她一丝一毫,但言石根本不信。他决定要趁薛元不在家时潜入薛元的家里,他要找到蛛丝马迹,他要找到薛元害人的证据!

找林心怡下落的不仅是言石与苏蕙,林心怡的失踪也成了薛元的心病。漫漫长夜,再无人陪他度过。他感到孤独无助。

夜色已经很浓了,空气中弥漫着淡淡的茉莉香气。这是杨雪玉最喜欢的,她喜欢的便成了他的最爱。薛元嗅着熟悉的味道,对雪玉的思念一点一滴在心中汇集,越积越多,终于冲破了心的闸门。

他轻手轻脚地走出卧室,走进工作间,打开灯,一直走到暗橱边。

这是一个做得非常隐秘的暗橱,暗橱的门与墙壁浑然一体。他推开挡在那里的矮柜,搬掉墙角的一块木质地板,将手伸到地板下面旋动机关。

暗橱的门缓缓开启。

暗橱并不大,但足以放下他最心爱的女人。他将她抱出来,一直抱回卧室的床上。

他俯下身凝视着床上的女人,热泪盈眶,喃喃唤道:“雪玉!”

被他唤做雪玉的女人像童话中的睡美人,纯白的真丝长裙,镂空的蕾丝花边，莹白如玉的肌肤。她的发蓬松如云，苍白的面颊在灯光下柔美动人，修长的眉如新月般轻盈，长长的睫毛展开优美的弧度，小巧的鼻子，饱满的双唇。

她在他精心地呵护下仍然鲜活如初，她永远是属于他的，是他完美的妻。

薛元轻轻地抚摸着她冰冷的肌肤，吻着她冰冷的唇。一颗滚烫的泪珠滴落在她的面颊上，如花含露水。他轻轻用手指拭去，爱怜无比。

突然，他下意识地回头。并没有人，他却感到一阵心慌。他觉得寂静的夜里有一双眼睛正注视着这一切。这双他看不到却感觉得到的眼睛正在窥视着他，窥视着他的雪玉。

## 16

薛元每日都如同一个幽灵般出没于医院与家之间。他的表情僵硬，举止呆板，少言寡语。往日那个面目俊朗、笑容纯真、沉稳干练的特级整容师不见了。他接连在手术中出了两次重大的差错，院长忍无可忍，以放长假的名义暂停了他的工作。

这样也好，用不着再伪装下去。薛元在家中自斟自饮，半醒半醉。

他已经失去了一切。失去了亲人，失去了朋友，失去了希望，失去了生活的乐趣。连那一直以来的邪恶欲念都失去了。一切逝去，终究是场空。他仅剩那个暗橱里的睡美人了。但他只有在夜深时分，才敢将她抱出来，祭奠她冰冷的身体。

他感到自己也像那具尸身一样，失去了灵魂，仅存一副外壳而已。

朦朦胧胧中，薛元看见一个女人向他走来，如花似玉，身姿清雅。他的眼睛慢慢有了光泽。“苏蕙？你怎么来了？”薛元心中一阵激动，竟伸出手想抓住她纤细的手指。

苏蕙后退一步，脸上挂着笑容："薛元，你将我也整成雪玉的样子呀。"

薛元心里一惊，慌忙摇头："不，不！我不会的！"

苏蕙不高兴了："为什么？为什么你把她们都变成了她的样子，单单忽略了我？"

"蕙！"，薛元急切地说，"你知道我是多么努力地追求完美吗？可是，为什么我却得不到？"他望着自己修长的双手，露出了痛苦的表情，"我曾经以为我可以做出一个心目中完美的雪玉，可是我却接连失败。我不能容忍不完美的雪玉，所以宁愿毁了她！"

他看到苏蕙脸上露出恐惧的表情，于是温柔起来："可是，你是多么完美的女人啊！老天无眼，为什么没有让我早些遇见你？"

苏蕙突然哈哈大笑起来。那张脸竟瞬间变成了雪玉的脸。雪玉的脸因为狂笑而扭曲，再扭曲，渐渐变了形，变得狰狞恐怖！

薛元吓得大叫一声醒来。他摸了摸额头，已经全是汗水。他心有余悸地喘着粗气，想起梦里的苏蕙，不禁叹了口气——为什么会梦到她？这对雪玉多么不忠啊？

想到雪玉，他猛然坐起，跌跌撞撞地来到工作间。打开暗橱，抱出他的睡美人。

美人容颜依旧。他将她轻轻放到床上，抚摸着她洁白的裙裾。慢慢的，他觉得她薄薄的衣裳竟然有了温度。他去摸她的脸，发觉她的脸也变得温热起来。他摇了摇头，心想自己真的醉了。

就在这时，床上的雪玉竟缓缓睁开了双目。黑色的有着长长睫毛的眸子，映着屋子里淡淡的灯光。薛元全身一抖，张大嘴巴愣在那里。

雪玉的眸子轻轻转动，眼波流转，顾盼生姿。她的嘴角微微一挑，浮出浅笑，然后竟坐了起来！

薛元仍然没有回过神来，只怔怔地望着她，以为仍在梦中。忽然，他将手指塞入口中一咬，十指连心的疼痛清晰地由神经传入大脑——不是梦，竟然不是梦！

他猛然跃起来，抱住她，用颤抖的唇去吻她的唇："雪玉，你真的活了！雪玉！你终于回到我的世界里来了！"

雪玉的头微微向后一仰，用微弱的气息说道："元，你一直爱着我对吗？"

薛元将她紧紧地抱在怀中，喃喃地说："是的，我一直爱着你，一直后悔杀死你。所以，我每天都会细心呵护你，幻想你能醒来。我将她们都杀了，因为她们都不如你。你才是我的唯一啊！"

雪玉在他的怀里轻轻地笑了。她一只手环着薛元的脖子，另一只手伸进自己的裙子，摸出一把锋利的水果刀！

薛元仍然沉醉在如梦似幻的境界里，却突然感到胸口一凉，接着又一热。灼热的液体从体内喷射出来，染红了她洁白的裙子。

他惊恐地望向他最心爱的女人，却见那女人面带冷笑。他一下子完全清醒过来，只是为时已晚。

他倒在了床上，那双眼睛还在望着他的雪玉，仿佛不相信他所看到的最后一幕。

被鲜血染红的女人却如一头受惊的小鹿，用不安的眼神看着被她杀死的男人，喃喃自语："不，你没有将她们都杀死，还有一个活着的雪玉。"然后她微微笑了，伸出双手，纤纤玉指轻轻揭去他的脸。

她倒吸了一口冷气：那张标致的假脸背后，五官果真如魔鬼般狰狞。

## 17

苏蕙发现自己被绑在手术台上，薛元正用无邪的笑容望着她，手里举着一把明晃晃的手术刀。

无邪的笑容渐渐变得邪恶，锋利的刀刃慢慢朝她的脸部移去，苏蕙感到一阵阵眩晕，绝望地盯着那把刀子，那把即将划破她面颊的刀子。

她想喊，喉咙里却发不出声音；她想挣扎，手脚却瘫软无力。那把刀子就要在薛元的冷笑中刺入她的皮肤了。她的灵魂突然在瞬间出窍，用尽最后力气大喊一声。

她汗水涔涔地醒来，在黑暗里惊魂未定。她打开灯，朝言石的房间走去，却发现他已不知去向。

她在空无一人的房间里面不安地走动着，刚才的噩梦还在延续着恐怖的气氛。她感到那个梦似乎预示着不祥。言石到哪儿去了？自从他回到她身边，便执意不肯与她同睡。他说害怕她半夜醒来，他的面具滑落而令她受惊。

墙上的钟敲响十二下，每敲一下都令她心惊肉跳。不知又过了多久，她终于听见房门开启的声音，接着一阵脚步声缓缓贴近她的耳畔。

她跳起来，走出卧室，看到言石站在她面前，怀里抱着一个女人。

他将女人放在地板上。女人的长发像黑色的鱼网，网住苏蕙砰砰乱跳的心。

“她死了？”她触到女人冰凉的手臂，感到凉意直侵她的心房。

“心怡？她是心怡吗？她是怎么死的啊？”她抓住言石的胳膊，身体摇摇欲坠。

"她不是林心怡。"言石慢慢地说,"薛元已经死了,是被林心怡杀死的。"

"那她是谁?"苏蕙疑惑地望着地板上的女人。那女人神态安祥,圣女般纯洁,白色的裙子一直遮住她的双脚。

苏蕙突然松开抓住言石的手,跳了起来:"我知道她是谁了。她是真正的杨雪玉,对吗?"

言石雕像般半跪在雪玉跟前,机械地点了点头。

苏蕙猛地喘了几口气,总算没有窒息过去。"那心怡呢?她在哪里?你是说,她杀死了薛元?"

言石慢慢抬起头来,面具后面的双眼黯淡无光:"林心怡扮做雪玉的尸体杀死了薛元,她已经离开了这里。她说能走多远就走多远,走到无路可走为止。"

苏蕙呆呆地看着言石、看着雪玉,半天才说:"那……她怎么办?你打算如何处置她?"她指着地上的死人问他。

她听到言石开始哽咽起来,只是她看不到他的泪水。他就那样一直半跪在那里,沉默不语。

后来他将她抱起来,抱进自己的房间。将她搁在床上,整夜地守着她。

"我要陪着她,不然她会冷的。"他像是对苏蕙说,又像是对自己说,对死去的雪玉说。

苏蕙觉得五脏六腑撕裂般疼痛。那一瞬间她明白了:活人,是永远无法跟死人争宠的。她觉得愤恨,觉得屈辱,又觉得那么的无能为力。

天快亮了。一夜未眠的言石抱起雪玉,走出家门。

苏蕙呆呆地看着这一切。"你要去哪里?"她听到自己的声音虚无缥缈，像来自另外一个世界。

言石止住脚步，头也不回地说："蕙，对不起。不是我不爱你，是我配不上你，无法再爱你。你……自己好好保重吧，会有好男人好好爱你的。"他的声音有些哽咽，却依然清晰，"我要陪着她到很远很远的地方，远离邪恶的人间。"

苏蕙想上前拦住言石，脚却迈不动半步，只有眼泪无声地奔流。言石开始缓缓朝前走，在苏蕙的视野里消失。苏蕙觉得全身都被掏空了。他不会回来了，她想。她永远地失去了他。

太阳从海平线上跃出来，照亮了整个世界。海鸥一声声鸣叫，如泣如诉。言石抱着雪玉站在礁石上，海风带着湿润的潮味阵阵吹过，她的长发在风中飘摇着，如一面黑色的旗帜。

"雪玉，我为你选择了海葬。"他伏在她耳边柔柔地说，"你别怕，不会冷的，有我陪着你。"

他抱着雪玉，缓缓朝大海走去。海浪没过他的脚，没过他的膝，没过他的腰。

阳光洒在海面上，洒在他们的身上，给他们最后的身影镀上了一层金黄色的光芒。

海浪汹涌着淹过来，柔长的黑发如一尾游弋的鱼。

一张面具漂浮在海面上，红色的狐狸脸，诡异地笑着……

# 单身婚礼

## 1

童心一大早醒来，看见孟珊珊已经坐在化妆台前了。孟珊珊背对着童心，穿着一款崭新的白色露肩裙，咖啡色的长发垂到腰间。童心打了个哈欠，知道这觉是睡不成了。孟珊珊听见动静，回过头来，脸上已经化好了精致的妆容。她说："小童，快起来给我盘头发呀！"

童心看到孟珊珊打扮得美艳动人，不由得也来了兴致。她从床上跳起来，洗漱之后走到孟珊珊身后说："新娘子，新郎官看到你的时候，一定魂儿都丢了。"

孟珊珊笑咪咪地看着童心说："听说伴郎是个大帅哥，你们俩倒是郎才女貌。"

两个人一边开着玩笑，一边精心地打扮着自己。孟珊珊的白色露肩裙是两个人昨天跑了好几个商场买来的，这款嫁衣穿在孟珊珊身上一扫铅华，让灰姑娘变成了公主。童心则穿了同一系列不同款式的浅绿色吊带裙，作为伴娘同样不俗，一点儿也不比新娘逊色。

她们即将参加的绝非普通的婚礼。不普通在两点：第一，婚礼只有四个人——新郎新娘、伴郎伴娘；第二，在此之前，新娘伴娘从未见过新郎伴郎。

孟珊珊和厉立相识于网上。当大多数网恋中的人选择见面或者网婚的时候，他们却选择了匪夷所思的方式：在从未谋面的情况下直接举行婚礼！这样一个浪漫的计划就在今天实施。八点钟，来自青城的伴郎蒋夏将开车前来迎亲。四个小时之后，他们将在正午到达青城，在精心布置好的新房里与新郎厉立会面，举行只有四个人的婚礼。

七点五十分，孟珊珊的手机响了。一个略微柔美的男声自称蒋夏，就在孟珊珊的公寓楼下等候。孟珊珊下楼的时候，腿有点儿抖，是童心扶着她走到那辆红色宝马车前的。

车门打开，跳下一个穿黑色燕尾服的男人。他的头上还戴着一顶黑色的礼帽。两人看到蒋夏的装扮都呆了一下。孟珊珊想到厉立做事一向特别，这身极酷的装扮也一定是他的主意。

蒋夏的相貌果然英俊。他向两个美女施了一个西式礼节，然后递上一个信封："新娘伴娘，我奉新郎之命特来迎亲。这是新郎交给新娘的礼物，请收好。"

孟珊珊很大方地接过信封说："谢谢。"然后蒋夏将后车门打开，让两位美女坐入车内，然后关上车门，坐到自己的驾驶位置上，启动汽车。

童心好奇地凑过来看这个信封。孟珊珊将信封拆开，发现里面除了一把钥匙别无他物。孟珊珊将钥匙放在掌心上端详，秀眉微蹙。

这是一把样式古老的铜钥匙，磨损得厉害且有斑斑锈迹。

童心凑到孟珊珊耳边小声说："这一定是你的新郎官送你的百宝箱

上的钥匙。他能开宝马车来接你，一定很有钱。”

孟珊珊笑笑，不置可否，将钥匙细心收好。

汽车行驶在平坦的公路上，向着青城的方向驶去。童心有意无意瞥了一眼驾驶位上方的后视镜，兴奋的心却是一颤。

后视镜里，一双眼睛正看着她和孟珊珊。那原本是一双清澈的眼睛，此刻却迸发出阴鸷的光芒。

那双眼睛似乎觉察到童心的目光，很快恢复了平静。车子拐了个弯，阳光迎面射来，让童心怀疑自己刚才只是看花了眼。

## 2

四个小时后，红色宝马车停靠在青城郊外的一座老房子前。孟珊珊和童心都有些疑惑：厉立怎么选择了这样偏僻的地方当新房？蒋夏回头冲她们打了个响指，然后打开车载音响。

“哪啷啷哪——哪啷啷哪——”婚礼进行曲响起来，一扫长途旅行的劳困。蒋夏朝她们笑着说：“新娘伴娘在此稍等，我去去就来。”然后就下了车，钻进了老房子。

孟珊珊看看表，差十分钟就到正午。想到再有片刻，自己就可以见到日思夜想的厉立，愈发心神不宁。在此之前，为了保持神秘感，两个人连照片都没有交换过。孟珊珊甚至不知道厉立是高是矮，是胖是瘦，是黑是白，是俊是丑。可是，被爱情冲昏头脑的孟珊珊发自内心地说：“厉立，就算你长成猪八戒那副样子，我也会爱你的。”

厉立当时说：“放心吧，宝贝，我肯定不会让你失望的。”

厉立的自信让孟珊珊满怀期待。她的眼睛一眨不眨地盯着那座房子的大门。门紧紧地关着，十分钟过去了，表针指向十二点时，门还是没有打开。

童心等得不耐烦了，说："珊珊，你在这里坐好了，我去看看里面的情况。"

孟珊珊一把拽住了她："别急！我们坐稳了，不要表现出着急的样子。"

童心明白了，孟珊珊是有意摆一摆架子。这样也好，不矜持的话，新娘会被新郎看轻的。

可是又过去了十分钟，车里的婚礼进行曲仍然响着，那扇大门却始终关得紧紧的。

也是这个时候，刚才还晴朗的天气突然转阴。天地间昏暗起来，似乎换了一个世界。

孟珊珊掏出手机，想拨蒋夏的电话，却发现此处太过偏僻，根本没有信号。

又过了十分钟，童心终于等不下去了，说："不会出什么事了吧？我还是进去看看吧。"

孟珊珊早已坐立不安，想了想说："我和你一起去吧！我不想一个人坐在这里。"

两个人下了车，走到老房子门前。这座房子看来真的有些年头了，门上的红漆已经剥落，露出木头的颜色。童心抬手想敲门，却发现门并没有落锁。她轻轻一推，门便缓缓开启。入眼是一个院落，让两人眼前一亮：到处都是鲜花和彩色气球，还挂着红色的飘带。而更让人心动的是，地上铺着的一条红地毯，从大门开始，一直延伸到正门。

两人相互看了一眼：怎么只见布景不见人呢？他们究竟在搞什么名堂？红地毯应该是新郎新娘携手踏上的，哪有新娘独自走的道理？

童心朝里面喊了一声:“有人吗?”

四方的院落回荡着童心的声音,除此之外,没有回应。

“蒋夏！你在里面吗？厉立！厉立你在哪儿?”童心继续喊道。

仍然没有回应。她们终于按捺不住了,不再顾及什么形式,踩着红地毯走了进去。

孟珊珊此刻的心情一落千丈。婚礼是他们一周前定下的,这一周的时间里,她日思夜想,都在想象着婚礼那一刻的甜蜜,却没有料到此刻竟然会是这番情景。他们为什么不出来？难道里面发生了意外?

更奇怪的是,贴着红双喜的正门也没有锁上。难道是厉立他们有意这样安排,给她们一个刺激的体验？可是……来不及细想,她们已经推开了门。走进去,两人都是一愣。

房间里空无一人,四壁空空荡荡,只摆着一台电视机。房间里倒也干净,只是光线不足,有种阴森森的感觉。

寒气侵入两人的心房。她们互相拉紧了手,都感觉到对方的手比自己的还凉。

她们仔细打量着这个房间,除了正门没有旁门。刚才明明是看着蒋夏走进来的,为什么不见了？还有,新郎厉立呢?

## 3

童心指了一下电视机说:“珊珊,他们好像是让咱们看电视呢。”

孟珊珊疑惑地将电视打开。两秒钟之后,画面出来了,是一个年轻英俊的男人,穿着一身雪白的西装,头发梳得一丝不苟。男子微笑了一下,开口说:“珊珊,你好。”

孟珊珊惊叫起来:“厉立！是厉立!”孟珊珊虽然没有见过厉立,但因为常通电话,对厉立的声音不能再熟悉了。所以,电视里的男人一开口,她便听出他正是厉立。孟珊珊紧紧盯着电视,呼吸急促。

电视机里的厉立接着说:“珊珊,我是厉立。今天是我们大喜的日子,我真是高兴。我们终于可以见面了,而且第一次见面,我们就可以拜天地、入洞房了。珊珊,我知道你很爱我。我要告诉你,我也很爱你。我们一定要长相厮守,直到白头!”

孟珊珊听着厉立的话,幸福得几乎喘不过气了。可是童心却越来越疑惑。她看看孟珊珊,想提醒她小心,却看到她一副痴迷的样子,只好暂且把话咽到肚子里。

因为孟珊珊一门心思在厉立身上,所以忽略了画面里的场景。童心却注意到了——画面里的厉立是坐在一把椅子上的,周围是白色的墙壁,如果不仔细看,就是白花花一片。而仔细看厉立的双脚,竟是悬空的。这说明,椅子是悬空的,厉立的脚并没有踩在地面上!

发现了这一点,童心倒吸一口凉气。可是,就在这时,厉立的身后忽然闪出一个黑影。那是一个身穿黑衣,以黑布蒙面的人。因为房间和厉立都是白色的,所以这个人一出现就特别显眼。孟珊珊正沉浸在柔情蜜意中,忽然看到这个人,不禁“啊”地叫出了声。

接下来发生的事几乎令她昏厥。这个突如其来的黑衣人手里还握着一把明晃晃的刀子。而厉立似乎并没有察觉身后的变化,还继续对着镜头说:“珊珊,我的新娘,我终于可以见到你了。你一定比我想象中的更漂亮……”

厉立说到这里,后面的黑衣人已经将手中的刀朝他的后颈砍了下去。孟珊珊大叫一声:“小心!”可是厉立根本听不到她的提醒,就在转眼之间,刀子落下,鲜血飞溅。厉立身体一晃,从椅子上摔了下去。

也是这个时候,孟珊珊才终于发现厉立的椅子是悬空的。因为厉立摔下去之后,在屏幕上消失了,只留下那把左右摇摆的椅子。然后,砍他的那个黑衣人一闪身,也从画面中消失了。

之后,电视里只留下雪白的墙壁和还在晃动的椅子,似乎什么事也没有发生过。

孟珊珊一把抓住童心的胳膊,几乎是哭着说:"小童,厉立被人杀死了!你说刚才我们看到的是现场直播还是一段录像?"童心惊魂未定,抱住孟珊珊说:"我也不知道……不过,珊珊你别怕,我们现在想办法离开这里,然后报警。"

孟珊珊点点头。可是当她们准备离开这个房间时,却发现正门不知道什么时候从外面锁死了。

## 4

两人大声呼救起来。可是她们很快失望了,根本没有人理会她们。这是一处极为僻静的地方,一般情况下不会有人经过。

这个时候,电视机的电源断掉了。屏幕一黑,整间屋子也就漆黑一团。她们才想到,这间房子根本就没有窗子,门又锁死了,怎么会有光源呢?

她们想掏出手机照明,却发现因为匆忙和紧张,她们都把手机忘在了宝马车上。

孟珊珊的脑子里嗡嗡作响。她还在想那个问题——刚才电视里播放的画面是录像还是现场实况?如果是录像,说明厉立在她们来之前已经遇害;如果是现场实况,说明厉立刚刚被杀死,也许还有挽救的可能。此时此刻,尽管孟珊珊自己尚处在危险中,却根本没有考虑自己,整颗心都系在了厉立身上。

爱情可以冲昏一个人的头脑,亦会让一个人在危险中冷静下来。想到厉立还有可能得救,孟珊珊便镇定下来,对童心说:“小童,我们摸一摸,看看这个房间里有没有暗道。”

童心尽管害怕,但因为急着想出去,便照着孟珊珊说的做。两人在黑暗中分头摸索着四周。十分钟后,童心叫起来:“珊珊,这里好像有个暗门!”

孟珊珊朝童心说话的地方摸过去,摸到了童心的手。童心将她的手放在一个突起上。

孟珊珊也摸出来了,是一个锁孔!

“珊珊,钥匙,你的钥匙!”童心想起来在云城临走前蒋夏交给孟珊珊的钥匙,心中忽然一亮。

孟珊珊连忙找钥匙。还好,她因为无比珍视这把钥匙,所以将它串在了自己的项链上。她捏住钥匙,朝那个锁孔插去。

没想到非常顺利,钥匙在锁孔里轻轻一转,便听到“咔嗒”一声。孟珊珊用力一推,真的推出一道门来。

眼前忽然亮起来,突如其来的光线让她们眼前一花。然后,她们发现门后是一个跟刚才的房间差不多大的屋子,也是空荡荡的,只在正中悬着一把椅子,离地面有半米的距离。

椅子是被结实的细线挂起来的。不知道是真的还是她们的错觉,这把椅子还在微微晃动。而就在椅子下方的地面上,有一摊新鲜的血迹。

看到这摊血,孟珊珊一阵眩晕。童心将她拉进屋子,她们看到门后摆着一台摄像机。这里果然是刚刚电视里面上演的现场。可是这个房间空无一人,受伤的厉立和那个黑衣蒙面人呢?

难道这个房间仍有暗门通往另一处不成?可是她们只有一把钥匙,就算有暗门也打不开,除非这里的锁是通用的。

想到这里,孟珊珊回身想把钥匙从暗门上取下,却是猛然一僵——暗门在她们进去之后被锁上了!

那把钥匙也无法取下了。还好,房顶有一盏灯,她们不至于像刚才那样在黑暗里摸索。

正当孟珊珊懊悔之际,突然听到童心说:“珊珊,你看,这是什么?”

孟珊珊看过去,童心已经从那台摄像机下面取出一个信封。

又是信封,而且跟蒋夏给她们的装钥匙的信封一样。

难道伴郎蒋夏是整件事的策划者?从她们一上车,便在蒋夏的控制中了?

不容多想,孟珊珊拿过信封,从里面掏出一张照片。

等看清楚照片上的内容,她们不禁浑身颤抖起来。

照片上是一男一女,都穿着中式的大红色婚服。新郎正是厉立,脑袋歪向一边,脸色惨白,脖子上一片血红——是已经死去的厉立!

再看新娘,头上蒙着红盖头,根本看不出来是谁,但身材与孟珊珊相仿。新娘唯一露出来的是一双玉手,手指细长,根根如葱,也似孟珊珊的手。

新娘的一只手与新郎的一只手相扣,两人并排坐在老式椅子上,整张照片有种说不出的诡异。

童心越看越惶恐,再看孟珊珊,却见她盯着照片的表情极为认真,嘴里还喃喃数着:“一、二、三、四、五、六……”

童心大惊,以为孟珊珊疯了。孟珊珊数完之后,却长呼一口气,平静地对童心说:“小童,照片上的死人并不是厉立,电视里的也不是。”

“什么?你确定吗?”童心很惊讶。

孟珊珊指着照片上那人的手指说:“你看,平常两个人拉手的时候是十指相扣的。但他们却不是,而是十一指相扣。”

童心惊叫:“这个人是六指!”

“不错!”孟珊珊点头,“所以他并不是厉立。我和厉立曾经做过‘心有灵犀’的游戏,两个人都竖起一根指头,看是不是同一根。所以我能确定,厉立并不是六指。”

孟珊珊说完把眉头皱了起来,自言自语道:“刚才电视里的声音确实是厉立的。这个人不是厉立又是谁呢?”

## 5

孟珊珊正在发愣,忽然听到身后有响动。她回头一看,只见一面墙上挂的白色窗帘自动拉开了。因为窗帘是白色的,与墙壁一体,所以她们进来的时候并没有特别留意。

窗帘拉开之后,亦是白色的布。然后,白布上面突然有了颜色——原来这是一块小小的银幕,后面有一台放映机,她们正处在银幕的反面,倒也看得清楚。

银幕上有一个人。这个人身穿黑色燕尾服,头戴黑色礼帽,正是蒋夏!

银幕上的蒋夏一动不动,她们正怀疑这不是电影而是幻灯片,蒋夏却突然转回了身。

蒋夏身后也出现了一个穿黑衣的蒙面人,正是刚才的杀手,手里仍然紧握着那把刀!

孟珊珊和童心还没有反应过来，便见黑衣人以迅雷不及掩耳之势向蒋夏砍去。在孟珊珊和童心的惊叫声中，蒋夏中刀倒下。

她们看得惊心动魄，呆立原地正不知如何是好，却见那个银幕缓缓拉开，一个窗户大小的四方墙洞显现出来。

她们手拉手走近，却见墙洞后面又是一间屋子，地面上有一摊血迹。

她们明白了：这血迹正是蒋夏的。蒋夏也被黑衣人杀死了。她们原以为蒋夏是幕后黑手，甚至就是黑衣人，看来是错怪他了，黑手另有其人！

孟珊珊的身体忽然晃了晃。童心一把扶住她："珊珊，你没事吧？"

孟珊珊的脸上没有一丝血色。她缓缓地对童心说："难道，策划这件事的人就是厉立？！"

童心还没有来得及发表意见，孟珊珊又将头使劲摇起来："不！厉立绝对不可能做这样的事！一定另有原因！"

童心回过身，惊叫道："珊珊，门开了！"

果然，她们刚才走进来的暗门不知什么时候已经开了。

她们急忙走出去，来到第一间房，看到进来时的正门也大开着！

两人互望一眼，意思是：要现在逃走还是留下来？

孟珊珊推了童心一把："小童，你先走吧！能跑多远就跑多远，然后报警。"

童心问："那你呢？"

孟珊珊回头一指暗门："我要从那个墙洞里跳过去，进入下一道关口。我想，厉立一定有危险，他正在里面等着我。"

童心毫不犹豫地说："珊珊，我不走，我们一起去那个墙洞。"

孟珊珊感到心头一热，一直笼罩着她的寒意顿时无影无踪了。她没有说什么，只是拉住童心的手，两人顺原路返回，从那个墙洞跳了进去。细心的孟珊珊没有忘记将那把钥匙取下，紧紧攥在手心里。

## 6

第三间房子除了正中摆着一台放映机之外，没有其他摆设。这间房子也没有灯，光线是从墙洞照进来的，因此不是很足。她们仔细查找却没有找到蛛丝马迹。

孟珊珊蹲下来看了看，放映机是关着的。她摸了摸，机器还有些热度，看来是刚刚被人关掉。可是这个房间里没有人，是谁关掉了放映机？只有一个答案，就是这一切都是有人遥控操作的。包括之前的窗帘开启，以及电视机突然断电。

孟珊珊站在原地想了片刻，突然冲童心喊道："小童，我们快跑出去！"

童心还没来得及问孟珊珊原因，便看到孟珊珊敏捷地一跃，跳上墙洞，然后钻入了第二间房，于是也紧随其后。童心的脚刚落地，便听到那个墙洞"轰"的一声，紧紧关闭。孟珊珊冒着冷汗对童心说："我进这座房子的时候，在外面大略看过，面积并不大，最多也就是三间房子的大小。所以，墙洞里的第三间房一定是绝路。如果我们刚刚跑得慢点，就一定被卡进去了。

童心想到那间屋子没有照明设备，吐了吐舌头。她可不想再被关进伸手不见五指的黑暗中了。

现在要怎么做呢？孟珊珊还没来得及思考，便发现通往第一间房的暗门也被关上了！

还是慢了一步！她几步跑过去，门被锁得死死的，但她又发现，这个门上也有一个跟外面一模一样的锁孔。

死马当活马医，孟珊珊把手里攥着的钥匙插入锁孔，一拧，锁竟然开了！孟珊珊低呼一声，将暗门一拉。眼前应该是第一间摆着电视的房间才对。

没错，是第一个房间。但是，除了摆着一台电视机，还多了一张老式的双人椅。

双人椅上坐着一男一女，都穿着大红色的中式婚服。新郎脑袋歪向一边，脸色惨白，脖子上一片血红。新娘头上蒙着红盖头，根本看不出来是谁，但身材与孟珊珊相仿。新娘唯一露出来的是一双玉手，手指细长，根根如葱。

新娘的一只手与新郎的一只手相扣，不是十指，而是十一指。

眼前的情景跟照片上的一模一样！

孟珊珊和童心目瞪口呆地看着这一切。她们从进入这座诡异的房子开始就遇到了许多恐怖的画面，但仅是画面而已，而现在她们看到的却是真实的场景。两个人就在离她们数米远的地方，男的已经死去，女的不知死活！

童心喘了口气说："珊珊，我们快走，去报警。"

孟珊珊点点头。可是她们想走出这座房子时，却发现正门已牢牢地锁上了！

正当她们六神无主时，一个女子的浅笑声从脑后传来。

这声笑娇媚清脆，本十分悦耳，但在此情此境中响起，却令两人魂飞魄散！她们惊恐地回过头，却见坐在椅子上的那个新娘的一只手轻轻放开新郎的手，然后缓缓抬起，将头上的红盖头扯下来。

## 7

孟珊珊和童心在那一刻心里都有些迷惑。她们一时想不明白这个新娘究竟是活的还是死而复生。她们只是本能地向新娘的脸看去。却见新娘戴着缀满花朵与宝石的红冠,面容白皙,眉清目秀,是个绝色女子。而这个绝色女子的面容似乎有些熟悉,似乎在哪里见过。

“蒋夏！你是蒋夏!”孟珊珊忽然惊叫起来。

童心也认出来了,眼前这个美新娘的确就是来接她们的伴郎蒋夏。蒋夏是女扮男装,还是男扮女装？还有,刚才的投影中,她们明明看到蒋夏也被黑衣人砍死了,而现在居然还活着！她们又想到这个问题:是蒋夏原本没死,还是死而复生？

而蒋夏已经活生生地站起来了,身上干干净净的,并无半点血迹。孟珊珊和童心倒退两步,靠在墙壁上。

蒋夏忽然开口说话,完全是女人的声音:“我是蒋夏。今天是我和厉立大喜的日子,欢迎你们来参加我的婚礼。”

“什么？是你和厉立的婚礼？这婚礼明明是……”

童心还没有说完,孟珊珊就拉住了她的胳膊示意她沉默。童心不解孟珊珊之意,只好再看蒋夏,看她还要搞什么名堂。

这个时候,更令人惊骇的事情发生了:那个死了的新郎,头原本是歪向一边的,却不知什么时候已经正过来了。他的眼睛本来是闭着的,现在却已经睁开了,正看着孟珊珊和童心。

孟珊珊一指新郎:“你……”话却说不下去,捂着胸口剧烈地喘气,犹如心脏病发作。

她喘了几口气,才把话说完整:“你……不是厉立。”

新郎这时竟也缓缓站起来了，开口说道："珊珊，童心，你们好。"

他不开口则已，一开口，孟珊珊就听出来了：他的声音根本不是自己熟悉的厉立的声音！这就证实了她原先的判断。

蒋夏看了看新郎，终于说："好了，齐鸣，我们的戏可以谢幕了。"

齐鸣松了一口气，把头上沉甸甸的帽子摘下来，又将身上的红绸衣裳脱去，擦了把汗说："热死我了，非要弄这套行头。"

蒋夏想笑却一下哭了。她边哭边说："珊珊，我对不起你！"

孟珊珊被这两个人突然的转变弄得一头雾水。童心看不下去了，喊道："蒋夏，你到底是什么意思？厉立在哪里？"

蒋夏意识到自己的失态，用袖子擦去眼泪，慢慢将实情说出来。

8

蒋夏确实是个姑娘，一个很美的姑娘。但她不叫蒋夏，而叫秦玥，是厉立曾经的恋人。而正像大多数恋人那样，他们的爱并不平等，秦玥爱厉立更多一些。她很想早些做厉立的新娘，但厉立却从来没有说过娶她。

终于有一天，厉立跟秦玥提出了分手。他说他并不爱秦玥，相反爱上了一个网络上认识的并未谋面的姑娘，叫孟珊珊。他们再有一周就要举行婚礼了。

厉立的话对秦玥来说仿佛晴天霹雳。但她见厉立心意已决，只能面对现实。她将自己关在家里想了两天两夜。两天两夜之后，她终于想通了：勉强的爱不会幸福，她要离开厉立，找一个真正爱自己的人。可是，她对厉立的感情不是一时就能放下的。她仍然牵挂着厉立，担心他娶到一个对他虚情假意的人。毕竟网络恋情太虚幻，经不起现实的考验。

于是，秦玥想到了这个主意。她找了两个朋友，一个叫齐鸣，一个叫陈耳，来帮助她完成这个计划。她知道按照厉立与孟珊珊的计划，今天将是他们大喜的日子。厉立的好朋友蒋夏作为伴郎开车去云城接新娘和伴娘，而昨晚蒋夏帮助厉立布置新房就住在厉立家。

于是，昨晚秦玥以送礼物的名义去了厉立家，趁两人不备，下了迷药。药力很强，可以令他们昏迷十几个小时。

今天一早，秦玥就女扮男装，以伴郎蒋夏的身份将孟珊珊和童心接到了这个她已布置好的老房子。

录像、照片和投影都是她事先制作好的。那段酷似厉立的声音，是陈耳利用电脑制作的。齐鸣扮做厉立，陈耳就是那个黑衣杀手。

话说到此，真相基本大白。孟珊珊却更加迷惑，她问："秦玥，你做这些事的目的是什么？只是阻止我与厉立的婚礼，并故意惊吓我和童心吗？"

秦玥凄然一笑："你会错意了。我这样做是对你的考验，而你竟然出乎我的意料，经受住了考验。"

"考验？这考验从何说起？"童心插话。

秦玥说："考验有三。第一，珊珊到底是真心想嫁给厉立还是只想做个游戏。如果她真心想嫁给厉立，就不会轻易被这里的恐怖场景吓倒，而且这里机关重重，她必须有足够的智慧解开。这些她都过关了。第二，也就是最重要的地方。你们进入第三个房间之前，已经得知厉立和蒋夏可能遭遇不测，生死不明。这个时候，我在门外给你们开了退路。所以，珊珊当时有两个选择，一是确保自己的安全，逃出这里；二是进入第三个房间，与厉立生死与共。而孟珊珊当时毫不犹豫地选择了后者,足见她对厉立的真心。”

说到这里,秦玥用复杂的眼神看着孟珊珊,眼里既有钦佩又有妒忌。

孟珊珊问:“那么第三个考验呢?”

秦玥说:“第三个考验就是,你是否能认出这个厉立是假冒的。我知道,你们并没有见过面,做到这一点很难,需要直觉、细心和其他许多东西,而你做到了。所以,当你指着齐鸣说他不是厉立的时候,你已经完成了任务。”

孟珊珊终于明白了秦玥的用意。秦玥做的这一切虽然太过偏激,但可谓用心良苦。看起来,秦玥爱厉立之深胜于自己。而秦玥以如此宽容之心对待厉立,本身又极为美貌,厉立不爱她真是有眼无珠。可她知道,厉立与自己的感情虽然只是一段网络情缘,但其实已经极为深厚。否则,自己今天也不会经受住秦玥的重重考验。而反过来,秦玥能如此对待厉立,亦说明厉立是一个值得深爱的人。他不爱秦玥并不是他的错,爱就是这样只讲缘分,不讲道理。

于是孟珊珊真诚地对秦玥说:“谢谢你,我替厉立谢谢你!”

秦玥一笑,眼中的阴鸷已经不见。她说:“耽误了你们的好事,是我要说对不起才是。这个时候,只怕厉立和蒋夏已经醒来,正急成一团呢。我送你们去真正的洞房吧!”

他们走出房子的时候,却见天又转晴。恍如隔世的孟珊珊想,真正的婚礼会是什么样的呢?

# 窗外有郁金香

## 1

我最后一眼看到活着的聂明是在办公室的玻璃窗前。那个时候，聂明正在窗外做自由落体运动。聂明起跳的地方只高我一层，所以经过我窗前时速度还不算太快，我可以很清楚地看到他最后的样子。他的脸在瞬间如魔鬼般骇人，如果拿 DV 拍下来，谁都不会相信，那就是年轻而英俊的堂堂 W 集团的高级主管。

一分钟后，办公楼已经成为一口沸腾的大锅。人们用惊恐甚至更为复杂的表情争相传送着聂明跳楼的信息。我和同办公室的另外几个人挤不上人满为患的电梯，于是从楼梯狂奔下楼。当我们喘着气跑下十六层楼时，聂明已经成为了一具尸体。当时，我可能是最冷静的人，尽管所有的人都认为我应该是最不冷静的。我是除了聂明的尸体之外最引人关注的人。他们看我的表情都是看死者遗孀的表情。那一刻，我敢说所有在此之前憎恨我的人，这一刻，胸中的憎恨都烟消云散了，这一点从他们的表情中就可以看出来。

金果儿应该是唯一来不及将对我的憎恨化为零的人。事实上,她才是全场最不冷静的人。她漂亮的粉红色高跟鞋已经跑丢了一只,因此,她只能一高一矮地奔到聂明的尸体前。我们都听到了她撕心裂肺的哭声,任何一个局外人见此情景都会认为金果儿才应该是聂明的遗孀。

金果儿趴在聂明尸体上哭的时候,有人推了推站在远处一动不动的我。“甘蓝,你没事吧?”我没有看是谁在这个时候对我表示关切,这不重要。重要的是,大家都认为我才是那一刻最伤心的人。因为我是全场唯一呆若木鸡的人。

110、120 的车相继而来。金果儿被人从聂明身上拉开,两名穿白大褂的人蹲下去察看聂明的伤势。片刻,他们抬起头,接着又摇头。每个人的心都沉了一沉。事实上,在此之前谁都知道聂明已经没救了。17楼呀！离聂明最远的我都看到了满地白花花的脑浆。奇怪的是,没有血。为什么没有血？我化身雕塑的时候一直在想的是这个问题。也许,是因为聂明没有血？最后,我只能得出这样的结论。

意外的是,有目击者向 110 的人说聂明刚摔到地上的时候还没有死。那是办公楼的保安,聂明掉下来的时候他刚好买了午餐准备回保安室,聂明就掉在离他两米远的地方。幸亏保安下意识地躲闪了一下,否则后果不堪设想。

保安说他当时反应过来的时候,看到聂明的身体还挣扎了几下。他跑过去,听到聂明在说话。其实,那个时候他已经死了,脑袋都碎了,所以,他说话很可能是一种未知的生理反射。保安惊恐地低下头,听到聂明说的那句话是:“窗外有郁金香”。

## 2

一个月前,我从遥远的南方小镇到这座北方城市谋生。我凭着才貌双全很快在W公司谋到了产品策划这个职位。我之所以能有这样好的运气，是因为我的前任，一个叫唐糖的女孩刚刚死去，据说是因为她跟上司谈恋爱，失恋后跳楼自杀的。她就是从我办公桌旁的玻璃窗跳下去的。16层的高度，据说浑身的骨头摔碎了一半。

我的顶头上司是聂明，也就是唐糖事件的绯闻男主角。我开始对他相当谨慎，慢慢我发现聂明并没有因为唐糖事件而降低在公司里的声誉。每个人仍然很尊敬他，男人以他为标准提高自己，女人以他为标准择夫。大家都认为聂明做高级主管只是暂时的，他的发展空间会很惊人。他还很年轻，刚刚30岁，拥有双硕士学位。更重要的是，他英俊，影视剧里都很难找到像他这样完美的身材和相貌。

半个月后，我的工作逐渐上了路，赢得了领导和同事的一致称赞。其实我知道，很多女同事开始嫉妒我，不是嫉妒我能干或者漂亮，而是嫉妒聂明对我的关照。

那个时候，我办公桌上的郁金香已经开放一周了。开始大家并不知道送花者是何人，后来不知从哪里传出谣言，说送花者是聂明。我知道谣言的制造者一定是金果儿。她是聂明的秘书，高我们一层办公。金果儿暗恋聂明是我进公司不久就知道的事，而且据说还不止是暗恋，关于金果儿与聂明之间的绯闻版本众多。

我们办公楼对面有一家花店。我每天从玻璃窗里都可以看到它。因为楼层太高，看不清楚卖花的小妹。只知道中午生意清淡的时候，那个小妹就会坐在店门口晒太阳。她总是穿颜色鲜艳的衣裙，比店里的花朵更鲜艳。

我桌子上的郁金香就是来自于这家花店。每天早上，穿鲜艳衣裙的卖花小妹都会敲开我办公室的门，递上一束挂着水珠的郁金香，每天的颜色都不同。直到一周后,我对聂明说,我最喜欢的是紫色。于是,卖花小妹每天都会送紫色的过来。

气氛暧昧的酒吧里,我穿着紫色的花苞裙,聂明看我的眼神很着迷,他说我这个样子像极了他送给我的花。事实上,聂明的这种眼神本身更具有魔力,我相信,很多女子就是因为这样的眼神而无法自拔。我们从酒吧直接去了聂明的单身公寓。那里没有炫目的灯光,没有柔醉的音乐,气氛却更加暧昧。聂明得到了我这个紫色郁金香的花心,我情愿让他成为采花人。

嗯,所以金果儿制造出的谣言是真的。很快,公司里上上下下都知道我这个新来的南方妹成了聂明的新欢。在形形色色的说法中,有一个版本是这样的:“她就是下一个唐糖”。

卖花小妹第一次踏进我的办公室时,花香扑鼻。卖花小妹的笑容怯怯的:“请问,哪位是甘蓝小姐?”

我在电脑后站起来:“我是。”

“甘小姐,这是您的花,请您收好。”这个时候,我听到办公室里有人说“好漂亮”,还有人说“好香”。

我接过花束,是粉色的郁金香。那个时候,我真的被打动了。我从南方小镇来到北方,无亲无故,是谁知道郁金香是我的最爱呢?这种花骨子里美得放肆,表面上却不张扬,将一腔柔情全都收在花瓣里。

我虽然喜欢郁金香,却没有想到这束花会这么香。我将鼻子凑到花瓣上,香味更重了,甚至使人产生轻微的眩晕。我好久都没有闻到这样的味道了。我笑了笑,对卖花小妹说:“谢谢你。”

花里没有卡片。直到我上楼去聂明的办公室里送策划书的时候,聂明看着我,意味深长地问:“蓝蓝,你喜欢郁金香吗?”

在一阵头晕目眩的慌乱之中，我点头说："很喜欢。"

聂明满意地笑了。我回到办公室，拉开装满花茶的第二层抽屉。多年来，我一直喜欢用花泡水喝，微酸的甜，败火又养颜。在众多种花中，有一种叫做"红巧梅"，紫红色，干了之后的形状有点儿像杨梅，泡在水中会浮在水面上，像极了睡莲。不是很好喝，有点儿酸涩，所以我不常喝。但现在我需要它。

## 3

从那晚我把自己当成紫色的郁金香送给聂明之后，每天下班时，我都要从那束花里面抽出最美好的一朵带走。每天夜里，当聂明将我采摘的时候，我都会将那朵花送给他。我说这就是我自己，他亦很认同。我将那朵花搁在我们同床共枕的床头，聂明每回都会说："真香"。

"是我还是它？"我故意挑逗。

"你！"

每回聂明说完这个"你"字，都会情难自禁。火焰平息之后，他问："你这个小花妖，为什么不在南方好好待着，偏偏来北方勾引我？"

我只笑，不回答。郁金香真的很香，我们闻着闻着就睡着了。

有一天，我走进聂明的办公室，我想我当时一定是以公谋私。文件夹里空无一字，我的脑袋里却密密麻麻书写着"思念"。

我去的时候，金果儿正在里面。我敲了好几声门，聂明才说"请进"。我推开门，看到金果儿正往外走，双颊绯红。偷眼看聂明，却是一副正襟危坐的样子。

金果儿刚走出办公室，我就故意将门"咣"的一声关紧，然后扑进聂明的怀里吻他。聂明刚才的泰然自若荡然无存，他喘息着跟我舌吻，一转身将我压在椅子的靠背上。

据说女人接吻的时候是不睁眼睛的,男人则相反,这一点在我和聂明身上都被验证。那一刻聂明正面对着玻璃窗。他忽然推开我,声音有些嘶哑地说:“蓝蓝,你看,窗外有郁金香。”

“有什么?”我被他说得一头雾水,回头朝玻璃窗外看。

“郁金香! 你看,窗外居然会有郁金香,紫色的,跟我送你的一模一样。”聂明不知是惊讶还是兴奋,浑身颤抖。

我也呆住,半天才惊叹:“真的啊,真的有郁金香! 在窗外面!”

我们都扑到窗前。

“不会是海市蜃楼吧?”我问。

“傻瓜!”他紧紧拥着我说,“现在是晴天,没有雾,也没有云,怎么会有海市蜃楼?”

我说:“聂明,看来我们是感动了神灵。我听过一个传说,相爱的人可以共同看到在别人眼里不存在的事物。现在这个奇迹发生了!”

毕竟我们都受过高等教育,不会轻易相信这样的荒诞之事。可是,估计我们都被爱情冲昏了头脑,像两个白痴一样认为这是真的。并且说好这是我们共同的秘密,不对外泄露。

## 4

那天午饭时,聂明在加班赶工作,我和他一起吃了工作餐就回到自己的办公室。办公室的另外几名同事都回家吃饭了,我一个人坐在玻璃窗后,让自己笼罩在阳光之中。我原以为我会独自享受清静安逸的午后时光,没想到来了一位不速之客。

是金果儿。

还好，我的反应足够快，关掉了电脑显示器。她没有看到网页上那些各式各样的草药图片，还有一些稀奇古怪的新闻。

我微笑着跟金果儿打招呼，彼此言不由衷地夸赞着对方的发型或者身材。金果儿的视线慢慢地转移到办公桌上的郁金香上，神色古怪。

我知道她心里面想的是什么。聂明的一切事情都是由金果儿打理的，当然也包括给他的小情人，也就是我，订花。所以，可以理解金果儿心中的愤恨。可我装着不在意的样子，将视线投向窗外。

我忽然惊叫起来："果儿，你看，窗外面也有一大束郁金香！"

金果儿的脸色突变，向外面看了一眼，然后笑了："蓝蓝，你真可爱。这窗户是玻璃的，你看到的应该是桌上这束郁金香的影子。"

我忙摇头："不，不是的。"我把桌上的花瓶小心地拿起来，放在地板上，然后指着窗外说："你看，现在仍然有！"

金果儿这回也惊叫起来，惊叫的声音有些夸张。我想，如果她做演员倒是不错，喜怒哀乐都表现得那样出色。

金果儿惊叫着说："蓝蓝，我看到了！窗外真的有一大束郁金香。怎么回事？难道是海市蜃楼？"

我学着聂明的口气说："傻瓜，现在是晴天，没有雾，也没有云，怎么会有海市蜃楼？"

金果儿吓坏了："这是怎么回事？见鬼了吗？"

我幽幽地说："可惜离得远了点儿。如果再近点儿，我就把窗户打开，将那束花拿进来。那一束好像比我这束还漂亮。"

金果儿这回认同了我的观点。她点点头说："嗯，真的比这束漂亮呢！"

金果儿走后，我的目光还没有从玻璃窗外收回来。

现在是晴天，窗外没有雾，也没有云。

当然，也没有什么紫色的郁金香。

## 5

我正望着空空如也的窗外，电话忽然响了。

是聂明。他的语气有些激动："蓝蓝，我又看到窗外的郁金香了。这一次花朵好大，比我送给你的所有的花都漂亮。"

我抱着电话撒娇："亲爱的，那你送给我。"

聂明说："傻瓜，这么远，我怎么能拿到？"

我反问："很远吗？真的很远吗？不是就在窗外吗？"

聂明犹豫了一下，然后声音有着反常的兴奋："对，宝贝，不是很远。你等着，我给你摘过来，然后给你送过去。"

放下电话，我的目光仍然没有从玻璃窗外收回来。

几秒钟之后，我看到了聂明。聂明在窗外做自由落体运动。聂明起跳的地方只高我一层，所以，经过我窗前时速度还不算很快，我可以很清楚地看到他最后的样子。

## 6

聂明坠楼事件轰动了整个公司。大家在震惊和惋惜的同时都很奇怪聂明是怎么坠楼的。经过警方调查，当时聂明的办公室只有他一个人，没有可能是别人把他推下去的。但聂明又没有理由自杀，他的事业和爱情都正春风得意，坠楼那天的表现也很正常。

法医经过细致地检验，发现聂明的体内有一种毒素。毒素是从一种不知名的花朵里提取出来的，比较罕见。毒素进入人体后，会麻痹神经，有致幻的作用。人会看到一些想象中的景象，并固执地认为那是真的。

警方很快就查出毒素的来源是我桌上的紫色郁金香。那些郁金香已经枯萎了，自从聂明死后，卖花小妹再也没有送花给我，可是，我不能扔掉这些花。

警方把我当成了犯罪嫌疑人。可是很快，他们排除了我的嫌疑，因为他们从卖花小妹的花店里找出了毒素。毒素其实已经被扔掉，但那些粉末状物质仍有少量残存。

卖花小妹在警察面前痛哭流涕。她说，她没有想到那些东西能够杀人，是一个叫金果儿的女人要她在花里掺入这些东西的。金果儿对她说，这些东西不能碰，不能闻，否则后果很严重。卖花小妹问她是什么后果，金果儿说那是春药，她一个小女孩千万不能碰这东西。卖花小妹吓坏了，坚决不干。于是，金果儿拿出了让卖花小妹眼睛发直的钱。

金果儿被警方带走那天，没有人知道，我在第一次闻到郁金香的气味时，就已经识破了那种毒素。我来自南方小镇的一个少数民族部落，我爷爷一生专门创造各种奇特的药粉。但是有一次，珍稀药粉大量失窃，不知都流到了何处。关于这个事情，网上有各种版本的八卦新闻。

但是，只有我知道，这种爷爷独创的毒素的解药是一种叫“红巧梅”的花。

世界很小不是吗？一个多月前，我得知最要好的网友唐糖自杀的消息后，从南方小镇来到这座城市时，并没有想到会有这样的巧合，完美的巧合。

唯一不完美的是，聂明坠楼那天，当我从 16 楼楼梯奔下，看到聂明的尸体时，我才意识到，其实我早已爱上了聂明，爱得无可救药……

# 跟　踪

## 1

我今天看到吉力的时候,他穿了一件新的暗紫色细纹衬衫。我一看就知道价格不菲。我问吉力这件衣服是谁送的,吉力不语。我一言不发地离开了他,一走出他的视线我就哭了。我太爱吉力了,没有他我根本活不下去。虽然吉力一直发誓只爱我一个人,但我还是感觉我的周围布满了情敌。比如今天他穿的这件来历不明的衣服就很说明问题。这样的事其实时常发生。

于是,我决定跟踪他。虽然我可以请所谓的私家侦探代劳,但我实在不想经历等待的煎熬。而且,我总会因给吉力做事而感到莫大的幸福,哪怕是跟踪他。

但是,我很快发现,跟踪这件事远远没有想象中那样刺激和有趣,反而是非常辛苦的。我在吉力的写字楼下一个隐蔽的地方一等就是一整天,直到看见他从写字楼里走出来。

我的跟踪工作从这个时候起才真正开始。吉力总是在站台下面等车,每当他坐上车后,我就要全力以赴地开动我的电瓶车紧跟着他。头两次跟踪失败了,因为等再找到那辆公交车时,吉力已经不在车上了。第三天我改变了策略。我穿了一件宽大的裙子假扮孕妇,把头发盘起来,戴上帽子、眼镜和口罩。这样一来,吉力就认不出我了,我可以跟他坐上同一辆车。而且,由于我假扮孕妇,乘客们会主动给我让座,我说不坐都不行。

我跟着吉力下车,他走得很快,拍了一个女孩子的肩就搂着她一起走了。那一瞬间我热血沸腾。我一点儿也不为跟踪有了发现而兴奋。我好想杀了那个女孩,不过,在我杀她之前要先搞清楚她是谁。

忘了介绍了,我是吉力的正牌女友韩佳。你们要记清楚了——除了我,别的女孩都是冒牌的!

我一直跟着吉力和那个冒牌女友。我在餐厅外面装孕妇饿肚子,看着我的吉力和"冒牌儿"在里面大饱口福。但我只能忍着,知己知彼才能百战百胜。

他们吃完晚餐,天已经很黑了,我还是没有看清楚那个"冒牌儿"的脸。但她的身材和走路的姿势我都似曾相识。我想我一定认识她,熟人就更好办了。

我看着吉力一直把她送到了家。他们是走路回去的,那就苦了我,两个人甜甜蜜蜜地走多远都不会累,我一个人郁闷着走,越走越痛苦。

还好,吉力将女孩送进家门就回去了。我缓了口气,等吉力走后就去敲"冒牌儿"家的门。

我把手举到半空中有点儿愣:这里不正是我的家吗?难道这个"冒牌儿"不但抢了我的男友,还要抢我的家不成?

我气冲冲地敲开门,终于看到了“冒牌儿”的脸。

我尖叫了一声,然后转身夺门而逃。门后不正是我的脸吗？吉力正牌女友韩佳的脸,我一直自诩天生丽质的脸。

我边跑边想:如果她是韩佳,那我是谁？我住在哪里？

## 2

我坐在马路边想了很久都没想起来我是谁。后来我找了个无人的地方把我的伪装都卸下来了。橱窗里的脸很陌生,那不是我。更要命的是那张脸很丑:硕大的脸盘,两只小眼睛,满脸青春痘。

我的皮包里没有证件。我想去求助警察,但害怕他们将我关到精神病院去。于是,我决定去找吉力。就算我不是韩佳,我也是吉力的正牌女友。我要他作出决定,是要我还是要韩佳。虽然我的相貌比起韩佳来有些吃亏,但我相信这个世界上没有人比我更爱吉力了。

可是吉力没有在家。我对他妈妈说我一定要等到吉力回家才走,而且我无家可归了。那个善良的老太太把我安顿在吉力的房间里。走进吉力房间的那一刻,我哭了,这个房间里有我太多的回忆。我躺在吉力的床上,闻着他留下的体味迷迷糊糊地睡去。

早上醒来的时候,吉力还是没有回家。吉力的母亲上班去了,把我一个人留了下来。奇怪的是,她居然没有把我当成贼。我想,是不是每次吉力趁他妈妈不在家时把我带到这里来的时候,被他妈妈看到过,所以她认识我。

我开始在屋子里到处翻看吉力的东西。当我看到一张他跟一个女孩合影的时候,我突然想起来我是谁了。我就是合影里的那个女孩,叫薛蓝。只是我那个时候很瘦,瘦了眼睛就大一些,而且脸上也没有像现在这样长痘。我开始思考我什么时候变成这个样子了。大概是因为得了忧郁症，所以，我每天都会吃很多东西。忧郁症引起我记忆衰退，所以，我忘记了韩佳是我的情敌。可能是她那张漂亮的脸蛋对我的刺激太强烈了，我竟然会幻想我是她。

嗯，一定是这样！

想明白之后，我决定继续跟踪吉力。我要用数码相机把他跟韩佳约会的情景拍下来作为证据，以免吉力矢口否认。

于是，我继续假扮孕妇，在他下班的时候跟踪他。在吉力家门口，我看到一个女孩在等他，两个人很亲密地一起走进吉力家。我没有见到那个女孩的脸，只看到了背影。背影很熟，但不是韩佳。我想不起来她是谁。但我的直觉没错，果然在韩佳之外我还有别的情敌。

我饿着肚子在外面等着那个女孩出来，一直到我快饿昏的时候他们才出现。这次，我直接看到了女孩的脸。那张脸小巧而生动——我呆住了，那不是我吗？发胖之前的我，吉力的正牌女友薛蓝……

他俩从我的身边走过时，对我这个"孕妇"视而不见。我终于饿昏过去了，如果不是吉力很快回来发现了我，不知道我还要在地上躺多久。

吉力将我送到了医院。一到医院我就露馅了，并不是什么孕妇，但饿昏却是真的。没想到吉力一看到我的脸就一言不发地走了，只留下了看病的钱。看着他的背影我痛彻心扉，想喊他，却连发声的力气都没有了。

## 3

如果那个女孩才是薛蓝，我又是谁呢？我在医院躺了一夜，早晨走出来的时候一直在想这个问题。但这个问题已经不重要了。无论我是谁,有一点可以肯定:吉力不要我了。昨天晚上,他如此决绝地走掉,把我的整个世界都带走了。

浑浑噩噩之中,我又到吉力的办公楼下徘徊,这一次我没有扮成孕妇,就是本来的我。我要亲口问他,我是谁。因为我不知道自己是谁,所以现在连家都无法回了。更要命的是,吉力留下的一点点可怜的钱也让我买早点花光了。我现在需要很多很多的钱,那些钱能买漂亮的衣服,做漂亮的发型,让我的皮肤重新变得光滑。我要变得漂亮,这样才能把吉力从那些漂亮女孩的手里抢回来。

我就要等到吉力从办公楼里出来的时候,忽然有人拍我的肩。那是一个我不认识的男人,没有吉力英俊,但笑容比吉力温柔。他问:“晓田,你在这里做什么?”

晓田?我叫晓田吗?但为什么这个名字这么陌生?这个男人又是谁?

男人很温柔地说:“你不记得我是谁了吗?我是杜丁啊!”

我问:“那么晓田又是谁?”

杜丁一副很吃惊的样子,愣了半天才说:“晓田,你是我的亲妹妹啊!你好几天没回家,妈都急坏了。”

我想了想说:“我不想回家,我只想找到吉力。”虽然我知道了我是谁,但我还是只惦记着吉力。而且我说:“哥,我需要一笔钱,你给我。”

杜丁走的时候把他的银行卡留下来供我使用。在商场刷卡的时候,我有点儿失望——那卡里面只有五百块钱,我买了条裙子就花了大半。我吃了晚饭直接去吉力家,吉力的妈妈见到我微笑着说:“找吉力吗?他在家里,我去叫他。”

可是，出来的却是两个人。一个比韩佳和薛蓝更漂亮的女孩，但我不认识。我忍住不让自己哭出来。我问："吉力，她是谁？"

没等吉力回答，那女孩便说："我是肖甜，消失的消去掉三点水，甜蜜的甜。你又是谁？"

我想说："我是晓田。"但我失语了。晓田？肖甜？我那个哥哥发音似乎不太标准，我才应该是肖甜吧？不过，他说他是我的亲哥哥，但他却姓杜……

我终于哭了出来。我对吉力说："你可以不要我，但你必须告诉我，我究竟是谁。"

吉力说："我根本不认识你，又怎么知道你是谁？求求你，不要再跟着我了。"说完，他就拉着肖甜回屋了。

我爱了三年的男友居然说他不认识我！我站在他家门前如遭雷轰。

我拨通了杜丁留给我的电话号码："你不是我哥哥，你到底是谁？"

沉默了几秒钟，电话挂掉了。再打是关机。

我用杜丁卡上的钱在小旅馆住了一夜，第二天继续去找吉力。我要告诉他，我是有自尊的，虽然他不要我了，我也不会再缠着他。但是，这个世界上只有他能够告诉我，我是谁。看在我们相爱过的份上，一定要他亲口告诉我这个答案。

## 4

事情的发展总是出乎我的意料。当我看到吉力时，不，应该说当吉力看到我时，他是以百米冲刺的速度奔向我的。他紧紧地抱着我，嘴里喃喃地说："洁，不要离开我，不要！"

乱了，这个世界彻底乱了。我平静地推开吉力，冷冷地说："你去找你的那些女友说这种话吧，比如韩佳、薛蓝、肖甜什么的。"

吉力用极度迷惑的目光望着我："我不明白你在说什么。那些人是谁我不知道，我只要你，邱洁。"

什么秋洁、春洁的，与我又有什么关系？我冷笑着，却不知道该说什么。

吉力又抱住了我。这次我被他抱得失去了理智。好吧，不管我到底是谁，韩佳也好、薛蓝也好、肖甜也好、邱洁也罢，只要能跟吉力在一起就是最幸福的女人。

我与吉力又回到了相爱的时光。一起吃晚饭，一起看电影，一起在公园的木椅上聊天。我幸福极了。我趁吉力上洗手间的时候悄悄拿出镜子照。我发现我变漂亮了，难道是花了杜丁一百元钱买的祛痘膏起了作用？我兴奋极了。

可是很快，我的情绪又发生了变化。因为我发现吉力有点儿奇怪，而且越来越奇怪。他老是忘记一些事情，甚至我说我想吃薯片他却买来了巧克力。巧克力就巧克力，这没有关系，但吉力确实健忘得越来越厉害了，直到他忘记了自己叫什么名字。

我忽然有了同病相怜的感觉。但我又窃喜：吉力连自己都忘记了，这证明他确实忘记了那些漂亮的女朋友。而且有一点很重要：他没有忘记我是谁。而我也肯定了我确实是邱洁，正像我肯定他确实是吉力一样。因为健忘，吉力已经暂停了工作。还好，他有足够的钱养活我们两个人。

有的时候，他忘记了自己住在哪里，我就领着他回家；有的时候，我忘记了家在哪里，他就领我回家。对，我已经在吉力的帮助下找到自己家了,家里有亲爱的爸爸妈妈,虽然我一时记不得他们,但我总会想起来的。还有,我家里并没有那个自称杜丁的哥哥,并且我从来都没有过什么哥哥。

有一天,我跟吉力在一起的时候,又想到了那个叫杜丁的男人。我问吉力:“你认不认识杜丁?”

吉力开始说:“别问我这样的问题,除了你任何人我都忘记了。”但很快他的眼睛里闪过一丝光亮,他说,“杜丁?这个名字我怎么觉得有点儿熟悉呢?”

我突然有了很不好的预感,非常不好。我意识到吉力可能要失去我了,不,应该说我可能要失去吉力了。

## 5

我再见到杜丁的时候,他在跟一位漂亮的女孩子喝茶。我和吉力坐在他们邻座。我问吉力:“你认识那个男人吗?”吉力点头:“我想起来了,他就是杜丁。”我又问:“那你认识那个女孩吗?”吉力愣了一会儿,摇摇头。

我说:“我认识那个女孩,她叫肖甜。”

对,我还记得肖甜,正如我还记得杜丁。但杜丁和肖甜为什么在一起?

后来发生的一切我有点儿忘记了,但我还模糊地记得我们四个人在一起侃大山。在杜丁说了一些话之后,我彻底疯了。直到半年后我在精神病院康复时,也只记得上面这些零零碎碎的镜头了。

我出院的时候,除了爸爸妈妈,还有一个男人来接我,不是吉力,是杜丁。他成了我的新男朋友。

杜丁答应我会慢慢告诉我这件事的前因后果。

又过了一个月，我们坐在开满鲜花的草地上，杜丁开始一点一点地讲述。

正如我开头所说，我原来是吉力的正牌女友，但吉力是个花心萝卜，身边总是不断出现这样那样的女孩。偏偏我这个正牌女友非常认死理，不断跟他闹，闹得吉力很烦。有一天，吉力的朋友杜丁说他有一种健忘的药片，吃掉可以忘记很多事情，甚至忘记自己是谁。于是，吉力就跟杜丁要来了药片骗我吃下。

但事情并不如吉力所愿，我忘掉了自己是谁，但偏偏还记得他，甚至记忆发生错乱，将自己当成了与吉力关系亲密的那些女孩。

当杜丁看到我失魂落魄的样子时，瞬间产生了强烈的愧疚感。他骗我他是我的哥哥，要我回家，给我钱。后来，那个比韩佳和薛蓝更漂亮的肖甜离开了吉力，成了杜丁的女朋友。吉力是很爱肖甜的，肖甜的离去让吉力遭受到失恋的打击。为了摆脱这种痛苦，他再一次向杜丁要了那种药片，自己吞下。

但吉力慢慢地忘掉一切的时候，居然还记得我。也许他自己都没意识到他最爱的人其实是我吧。他失忆的时候回到了我身边，与我度过了一段相爱的时光。但我和吉力那天撞到杜丁和肖甜，四个人纠缠在一起时，杜丁那句让我疯狂的话是："我给肖甜吃了药片，我以为她吃了就只能记得我，但是她忘了我是谁，她只记得吉力！"

# 错　忆

## 1

考试铃声打响第二遍的时候，最后一位入场的考生才跌跌撞撞闯进考场。监考老师从他手里拿过准考证仔细地看过，又瞅了瞅他狼狈不堪的模样，责怪了一句："真没有时间观念。再晚一步，你就不能入场了。"

他抹了一把额头上的汗水，接过准考证，找到自己的座位坐好。

老师把卷子发给他的时候，别的考生已经开始答题了。他慌乱地拿起笔，在姓名一栏填上自己的名字"秦阳"。

开始答题。

竟然出奇地顺利。头脑清晰，思维通畅，秦阳抓了一把头发，心想："天助我也！竟然出这么简单的题目！"

得意之余，秦阳偷眼望了望别的考生，竟然发现大多数的同学正在抓耳挠腮，苦思冥想。秦阳呆了一呆。难道是因为自己这段时间特别用功吗？可是……

一只大手突然凭空出现，手指使劲地敲了敲他的卷子。秦阳抬起头，看到的是监考老师怒气冲冲的脸。

秦阳一脸茫然，不知道自己犯了什么错。他在规定的时间入场，按要求答题，没有带小抄，没有偷看别人的试卷，没有任何作弊的行为。他看着那张发怒的脸，小心翼翼地问："有什么问题吗？"

监考老师指着他考卷上的名字问："你叫什么名字？"

"秦阳。"秦阳回答，摸不着头脑。

监考老师抓起秦阳的准考证，重重地敲了敲上面的名字，他的手指似乎是铁打的，没有疼痛感一样。

秦阳看了看上面的名字，脑袋"嗡"的一声一片空白。

准考证上的名字并不是秦阳，而是另外一个陌生的名字"白路成"。白路成是谁？难道自己在匆忙之中拿错了准考证？不会啊，准考证上面是有照片的，的的确确是他自己的！虽然长相不是很帅，但引用一些女生私下的评论是"很有阳光的味道"。

可是……

监考老师的声音很大，全考场的同学都朝他看去，各种眼神。监考老师问："你到底是谁？你一定是替考的，因为来晚了紧张，所以写了自己真正的名字！"

秦阳都快哭了。他想辩解什么，监考老师却不由分说收了他的卷子。"去学生处等候处理！"监考老师命令道，然后叫来外面的巡考。巡考走进来，像警察逮住小偷一般将他拎了出去。走出考场之前，秦阳听见教室里一片惋惜声。

## 2

秦阳沮丧地站在学生处的桌子前。桌子后面坐的是学生处处长。学生处处长问明了秦阳是哪个班级的学生之后，拨通了他们班主任的电话。几分钟之后，班主任刘其来了。刘其是个年轻老师，三十岁不到。了解情况之后，他乐了："他的确是我们班的学生，并不是替考。可是他不叫秦阳，他叫白路成。"

学生处处长呆了呆："可是他为什么要在姓名一栏填上'秦阳'的名字？你作为他的班主任，可不能包庇学生啊！如果真是替考……"刘其打断了学生处处长的话："他的的确确是我们班的学生，我可以用我的名誉和前途来担保。我想他可能是因为这段时间压力太大而糊涂了，我请求你们能让他继续考试。"

学生处处长沉吟了片刻说："刘老师，你给我写个保证书，如果白路成的身份有任何问题，我们将会开除你。然后，他可以继续参加考试。"

秦阳，不，是白路成，他回到考场继续考试的时候，离考试结束的时间已经不足半个小时了。而他的题只答了三分之一。监考老师幸灾乐祸地看着他，心想，你就是有再大的能耐也答不完题的。

可是，只见白路成奋笔疾书，二十分钟不到，就已经答完了全部试题。写完最后一个字的时候，监考老师目瞪口呆，白路成却感觉一片茫然。即使题出得再简单，自己也不可能在这么短的时间里做完呀。联想今天发生的事情，首先，他明明记得今天的这场考试是九点钟的。他七点五十才起床，还好，他下意识地看了一眼考试通知，发现考试时间是八点。自己竟然记错了考试时间！于是，他脸也没洗便往考场奔去，才有了开头那一幕。

如果记错考试时间真的是自己粗心的话，那为什么连名字都记错了呢？他一直都叫秦阳的，为什么凭空出现了个叫白路成的家伙？

一定是哪里出了问题！难道是自己这段时间压力过大而出现了精神错乱？可是在答题的时候，自己的思路又是如此清晰！

白路成回到宿舍的时候，第一个想法就是去看自己的课本。宿舍里本来住了四个人，但有一个因病休学了，另外两个，一个是本市的回家住了，另一个在校外租了房子。所以，宿舍里只有白路成一个人。

当白路成发现自己所有的课本上都是“白路成”的名字而非“秦阳”时，几乎崩溃了。那字迹明明是自己的，即使这是个陌生的名字，但字迹却是熟悉的。白路成敲着自己的脑袋，他不知道还有多少事情在自己的记忆之外！

门忽然被推开了，进来一个高个子男生。男生一见他就惊叫起来：“白路成！你怎么穿上我的衣服了？这件衣服我昨天特地洗干净准备晚上约小文吃饭时穿呢！”

白路成傻傻地看着这个男生。这个男生他是认识的，他叫林清，住在本市。他叫自己“白路成”，看来自己真的是白路成！可是，自己的衣服——他低头看身上的衣服，是件浅粉色的棉衬衫，很漂亮，但穿在自己身上大了一些。难道这真的是比自己个子高一些的林清的衣服？他呆了呆，想起这自己早上起来去阳台上收衣服，没有考虑就收了这件衣服并穿在身上。潜意识里，他觉得这件衣服就是自己的。可是这会儿再想，却怎么也想不起来这衣服是什么时候买的了。

林清看到白路成失魂落魄的模样，不由得笑了起来：“好了。借老弟穿件衣服也没什么大不了的。你喜欢就送给你了。我知道你的父亲生了重病，这阵子手头紧……”

林清的话还没有说完，白路成便惊叫道："我父亲生病了？什么病？我怎么不知道？"

林清吃惊地看着白路成，半天才说："你今天是怎么了？你父亲是上个月底病的，胃癌，才做了手术。你因为父亲的病而耽误了复习，还是我给你补的课。你怎么不记得了？"

白路成一把抓住了林清的胳膊："林清，你救救我吧！我什么事都想不起来了！"然后，他简短地将今天发生的事情跟林清讲了一遍。

林清听后皱起了眉头。他想了想说："你别急，我们先来核实一下，你都记错了哪些事……"

"不！"白路成大叫了一声。已经发生的事情就让他吃不消了，如果他记忆里的一切都与现实不符的话，那简直比挖了他的心还恐怖！

"好吧！"林清拍了拍他的肩头，"你可能是太累了。休息一会儿吧，反正已经考完试了。你要彻底放松一下，我回头再来看你。"林清说完就走了。

此时，白路成的心里全是父亲的影子。不！绝对不可能！父亲一向健康，怎么可能得这么可怕的病！

他抓起手机，拨了自己家的号码。电话通了，传来一个中年女人的声音："喂，是谁呀？"

"是我，秦……啊不，我是白路成。"白路成结结巴巴地说。

"白路成是谁？"中年女人的声音冷冷的。

白路成的脑子一片空白，他突然说："我是秦阳。"

中年女人却用怪异的腔调说："你不是秦阳。秦阳上个月出车祸死了。你是谁？我是秦阳的妈妈，你想冒充我儿子的身份，也太荒唐了吧。"

真的有秦阳这个人！秦阳是真实存在的，并不是自己妄想出来的。这个人就是秦阳的妈妈。可是，她说秦阳已经死了……

白路成想再说什么，中年女人已经挂了电话。

绝望像潮水一般淹没了白路成。他跌坐在地上，不知道自己到底是白路成还是秦阳？

如果他是白路成，为什么打的是秦阳家的电话？如果他是秦阳，为什么自己妈妈的声音一点儿也不熟悉？

## 3

白路成缩在床上。他不敢去学校食堂吃饭，他怕见人，怕被人不断地拆穿自己的记忆。他想，也许自己应该听林清的，说不定睡上一觉一切就又回归正常了。

终于睡去，他梦见一个美丽的女生。那个女生是白路成暗恋的对象，叫白莲子，跟白路成一个姓。

他梦见自己牵到白莲子的手了。白莲子的手细细的、柔柔的，把白路成整个人都融化了。

他们在学校的林荫道上走着。他看着她清秀的脸庞，花朵般的嘴唇，很想低头吻一下，却没想到白莲子忽然挣脱自己的手，向一旁跑去。

原先的林荫道忽然变成了悬崖。白莲子穿了件白色的百褶裙，像莲花一般坠下悬崖去。

白路成惊醒了。他醒来之后很庆幸这是一场梦。此刻，白莲子应该在自己的宿舍里午睡吧。他松了口气，开始回味梦中与白莲子牵手的感觉，心猿意马着。

由于想再次梦见白莲子，他强迫自己睡去，却没有再梦到什么，一直睡到傍晚。

是被外面的混乱吵醒的,白路成迷糊着坐起来。外面的声音更响了,有一句特别清晰地传到了白路成的耳朵里:“白莲子跳楼了!”

白路成本来不想理会外面的事情,听到这句话,他猛然从床上跳下来。跑到外面,他看见对面的女生宿舍楼下聚集了好多人。

他奔过去,拼命挤进人群,看到躺在地上的白莲子。她真的穿了一件白色的百褶裙,像一朵莲花,却是被鲜血染红的莲花。

白路成呆呆地看着这一切。救护车来了,两个穿白大褂的医生跳下车,跑到白莲子身边。过了一会儿,对众人摇摇头:“脖子都摔断了,救不活了。”

有女生开始大哭起来。男生们则是摇头叹息。警车早就来了。白路成看着白莲子的尸体被他们装进袋子里。死去的白莲子的身体显得更瘦小了。白路成脑海里回想着他几个小时前做的那场梦:他与白莲子手牵手走在林荫道上。白莲子忽然挣脱自己的手,向一旁跑去。原先的林荫道忽然变成了悬崖,白莲子就像一朵莲花坠下悬崖。

是巧合吗?对白路成来说,白莲子只是他的梦中情人而已。他们之间甚至连话都没有说过,因此没有任何瓜葛。白路成忽然想起梦有预见功能,难道是这样吗?他开始懊悔起来。如果他知道梦会成真,几个小时后白莲子会坠楼的话,他一定会去阻止这场悲剧的。

问题是:白莲子为什么会坠楼?

## 4

白路成准备回宿舍的时候,忽然有人在背后拍他。转过头,是一个漂亮的女生,圆脸大眼睛,穿着蓝花布裙,扎着马尾辫。他认出是同班的女生冯莺。这个时候他想，至少身边的人他还是记得的，而且没有记错。

冯莺担忧地看着他问道：“路成，你的脸色看起来很不好。你父亲的病怎么样了？”

最后一句话又是当头一棒，已经是第二个人说自己的父亲病了。白路成有过这种想法：也许这一切原本是场恶作剧。所有的人，包括老师、同学、家人，都在欺骗自己，无论是什么原因。可是，冯莺会这样做吗？

他知道冯莺一直很喜欢自己，白路成感觉她太稚气了，一直把她当做妹妹。但白路成是很喜欢这个妹妹的。

“莺莺！”白路成喘着气问她，“你是不会骗我的，对吗？”

冯莺睁大眼睛看着白路成：“我怎么会骗你呢？我骗你什么了？”

白路成想了一会儿说：“我患了失忆症，记不起来任何事情了。你告诉我，我的父亲是谁？他在哪里？”

冯莺快哭出来了：“路成，你怎么变成这个样子了？我只知道你家在青城，住在哪里我不知道。我们先去吃饭吧，你都快晕倒了。”

青城……白路成一路都在想，自己从来都没有去过青城，家怎么可能在那里呢？自己的家应该在阳城才对。不，阳城的那个家他已经打了电话，那是死去的秦阳的家。

他们在学校附近找了个干净的小饭馆。菜上来的时候，冯莺忽然说：“路成，你知道白莲子是怎么坠楼的吗？”

白路成反问：“你知道？”

冯莺点点头。

## 5

白莲子的宿舍与冯莺的宿舍是对门，两个宿舍的人经常互相串门。下午的时候，冯莺正躺在宿舍里看小说，忽然听到一阵哭声。她跑出去，看到白莲子的宿舍门半开着，哭声就是从那里传来的。

她走进去，看见白莲子在哭。在此之前，冯莺从来都没有看到过白莲子哭。说实话，因为长相出众而深受男生追捧的她有一些清高，平日里跟冯莺她们话不多。这个时候，几个女生都在劝着白莲子，问她发生什么事了。

白莲子哭得双眼通红，她又穿着白色的裙子，看起来就像一只无助的小白兔。欺负小白兔的当然就是大灰狼了，可是这只大灰狼居然是晁晖！

晁晖是他们的外语老师，不仅教得好，人长得也帅，因而很有女生缘。不过，晁晖并不算年轻，已经有三十五六岁了，娇妻、爱子都有，所以，在爱慕他的女生面前一直都洁身自好。

白莲子当时跟冯莺她们说，她跟晁晖谈恋爱已经有两年了。但是今天她去找晁晖的时候，晁晖居然对她不冷不热，并矢口否认他与白莲子有任何超越师生的关系，白莲子当然是伤心不已。

女生们听了个个都是目瞪口呆。她们都不相信一直尊敬着的晁晖老师会做出这样的不耻之事。更让她们惊讶的是，白莲子一口咬定晁晖的妻子早就死了，两年前死于车祸。白莲子就是在晁晖最失意的时候走近他的。

晁晖的家在校外，女生们回想，这两年的确没有见过晁晖的妻子。难道她真的死了？但是就算晁晖真的丧偶，也不应该跟自己的学生谈恋爱的，这是违反校规校纪的。而现在白莲子当众说出来，显然是对晁晖的报复，想让他身败名裂。

更让她们没有料到的是，白莲子竟然在伤心之时从六楼跳下，当场死亡。

冯莺说完，白路成想了一会儿说："晁晖是清白的。"

"什么？"冯莺又一次睁大了眼睛。

白路成说："我如果猜得没错的话，白莲子应该像我一样发生了奇怪的事情。"接着，他把今天和林清说的话跟冯莺重复了一遍，只不过瞒下了他梦见白莲子坠崖的事。暗恋白莲子是白路成心底最隐秘的事，他不想让别人知道，特别是冯莺。

白路成说："白莲子应该和我一样，记忆发生了混乱，居然有了一段与晁晖发生恋情的记忆。当然，事情也许有另一种可能，是晁晖的记忆发生了错乱，他失去了这段与白莲子发生恋情的记忆。"

冯莺听得心惊肉跳，可她一点儿主意都没有。还是白路成说："这样，今天晚上我们先去找晁晖老师问个究竟，然后明天早上我去学生处查一下我在青城的家的地址，我得去看看我生病的父亲。"

这样说的时候，白路成突然十分害怕。他现在已经对父亲没有任何概念了。恐怕他见到父亲的时候，面对着的也会是一个陌生人！

## ⑥

晚上八点，白路成和冯莺找到了晁晖的家。三年前刚入校时，他们曾经一起去晁晖家吃过饭。印象中，晁晖的妻子齐云是个娴静的少妇，喜欢抿着嘴笑，晁晖则喜欢怜爱地摆弄她的发梢，看起来他们感情深厚。她真的死了吗？

门铃响到第三声的时候，铁门后面的木门开了，开门的是晁晖的儿子凡凡。几年不见，小家伙长高了好多。凡凡扭过头喊：“妈妈！有人来了！”

凡凡喊“妈妈”的时候，白路成和冯莺都有些头大。等到齐云出现的时候，两个人终于确定晁晖的妻子还活着，并没有所谓的车祸。

是死去的白莲子真的发生了记忆错乱，还是晁晖故意对白莲子撒谎？凭直觉，应该是前者。

看来齐云的记性很好，居然对他们两人有印象。她说：“你们是晁老师的学生吧？请进！”说着打开了铁门。

两人互相看了一眼，白路成问：“晁老师在家吗？”

齐云愣了一下反问：“你们不是晁老师的学生吗？他上个月失踪了，你们不知道？”

这句话太出乎意料了，以至于两个人一时都没明白齐云说的是什么。还是冯莺反应比较快一些，她说：“失踪了？不可能啊！我昨天还在学校里看见他……”

冯莺的话没说完，齐云猛然抓住了冯莺的手：“你昨天看见他了？他在哪里？”

冯莺说：“他昨天还在监考呢，而且考试前一直在给我们上课。”

齐云的头不住地摇着：“不可能！他上个月就失踪了，所有人都找不到他。他怎么会一直在给你们上课？”

冯莺和白路成意识到问题严重了。白路成也记得晁晖一直在学校里正常上课的，根本没有失踪。所以，眼前的齐云很可能也得了记忆错乱症！

否则，就是冯莺和自己记错了，晁晖一直在给他们上课这个记忆是错误的。但自己记错是可能的，冯莺也记错了吗？到底谁有记忆差错？是所有人，还是少数人？是一直以来的状况大家没有发觉，还是刚刚出的问题？

白路成的脑子混乱了片刻，忽然看到了凡凡。白路成拉住凡凡的手问："你爸爸呢？"他这样问，是想多一个人确定事情的真相，哪怕只是个孩子。孩子应该是不会说谎的。

凡凡眨了眨圆溜溜的眼睛说："爸爸上班去了。"

白路成继续问："那你最后一次见到爸爸是什么时候呢？"

凡凡说："今天早上。今天早上是爸爸把我送到幼儿园的。他走的时候，我还跟他说'再见'呢。"

白路成吐出了一口气。目前看来，他们三个人的记忆是一致的，只有齐云的记忆是不同的。

齐云则重重地打了凡凡一巴掌："小孩子不能撒谎！"

凡凡"哇"的一声哭了出来："妈妈，我没有撒谎！今天早上真的是爸爸把我送到幼儿园的……"

齐云本来想再去打凡凡，白路成一把将凡凡拉到他的身后："师母，凡凡没有说谎。如果你不相信，你可以想一想，今天早上是谁把凡凡送到幼儿园的？"

齐云的脑子里一片空白。早上是谁把凡凡送到幼儿园的？她真的想不起来了，但她能够肯定，绝对不是自己！然而不是自己又是谁呢？难道真的……

白路成看到齐云迷茫的样子说："师母，你可能得了记忆错乱症。你的记忆产生了错乱，记忆就不再可靠，很多事情都不是你以为的那样。"

“你说什么?”齐云犹如在雾中。正在这时,门开了,进来的不是别人,正是晁晖!

齐云看见晁晖,叫了一声他的名字就扑了上去,抱着他哭了起来:“他们都说你没有失踪,是真的吗? 你真的回来了吗?”

可是晁晖却惊骇得往后退了好几步。他用惊恐的眼神看着齐云,喃喃地说:“云儿,你……你复活了?”

白路成和冯莺忽然想到,白莲子临死前曾经说晁晖的妻子两年前已经死了。看来白莲子也有一定程度的记忆错乱,或者,她错乱得更加厉害,甚至错记她与晁晖有隐秘的恋情。

而晁晖也错记齐云已经死了,所以看到活生生的齐云以为她复活而如此惊骇。

白路成感觉脑袋里进了无数只蜜蜂,他知道不仅自己的脑袋错乱了,整个世界都错乱了!

## 7

直到半个小时之后,几个人才将事情的来龙去脉搞清楚。出乎白路成的意料,晁晖和齐云竟然一点儿也不介意自己患上“记忆错乱症”。他们在乎的是,彼此都活生生地在身边。他们喜极而泣,紧紧相拥。

白路成却显得心事重重。几个人交流的结果是,初步断定白路成、齐云和晁晖三个人有着不同程度的记忆错乱,冯莺和凡凡则似乎没有什么问题。

真的没有什么问题吗? 这些推断都是相对的而不是绝对的。

白路成忽然想到了爱因斯坦的相对论。他们现在的推断都是建立在对方的记忆之上的,是相对的。可是,谁能够保证参照物就是正确的呢？

还有，记忆错乱是从什么时候开始的？只是从今天，还是一直都存在？比如说，齐云是从什么时候开始认为晁晖失踪的，而晁晖又是从什么时候认为齐云已经死了呢？

白路成想到了凡凡的话。假设他们的结论是正确的，也就是凡凡的记忆是正常的，那么凡凡说今天早上是晁晖把他送到幼儿园的，由此可以证明，在早上的时候，晁晖和齐云还是正常的，否则晁晖怎么可能去送凡凡而不被齐云知道呢？倘若晁晖不在家，那么一定是齐云把孩子送到幼儿园的，而齐云能够肯定不是自己送的凡凡。

对于白莲子的事，晁晖说他们根本没有非同寻常的关系。今天下午他在单身宿舍睡觉的时候，白莲子突然来找他，进门就要抱他，把他吓得不轻。他一度以为白莲子的神经失常了，当他对白莲子说了一些无情的话之后，白莲子哭着跑了。不久，就传来白莲子跳楼的消息。

晁晖被学校和警方调查了好几个小时，责任还没有完全澄清。警方那边没有问题，因为白莲子跳楼的时候，晁晖有不在场的证明。但校方那里就复杂了，在真相没有查明之前，晁晖暂时被停职。

大家一致认为白莲子的记忆也产生了错乱。她是除了在场的三人外，已知的第四个记忆错乱的人。她也是因为记忆错乱而导致后果最严重的人。她的自杀毫无价值。

缓过劲儿来的齐云终于对记忆错乱开始关注起来。齐云是个医生，虽然不是精神科医生，但对精神学也有一定的了解。她对白路成说："你所说的'记忆错乱'，也许就是医学上所说的'妄想症'。'妄想症'是精神疾病的一种，患这种疾病的人会妄想出许多根本不存在的事情。像白莲子这样妄想出与梦中情人有恋爱事实的病人是有多个病例记载的，假设晁晖是白莲子的梦中情人的话……”说到这里，齐云看了一眼晁晖，两个人的表情都很复杂。

齐云接着说：“患有妄想症的人坚信自己妄想出来的事情是真实存在的，但其实只存在于他们的脑海中，是子虚乌有的。”

冯莺问：“什么是真实存在的？什么才是子虚乌有的？”

齐云愣住了，他们都愣住了。是的，真实存在还是子虚乌有都是人的主观判断。如果人的主观判断都出了问题，判断结果又怎么会可靠？

冯莺悲伤地说：“我害怕我也跟你们一样，突然间便不能再相信自己的记忆。其实，我现在已经开始怀疑了。我要打电话给我爸爸妈妈，看看我是不是他们的女儿……”

这句话触动了白路成。没有比这更可怕的事了，但在他身上已经发生了。他忽然抓住了冯莺的手，似乎是安慰她也是安慰自己：“别怕，我们能够找到办法解决的。”

冯莺含着泪冲白路成点点头。四目相对，忽然有了以前不曾存在的东西。

## 8

白路成回到宿舍时，发现林清竟然在。

林清一见到白路成就说：“你终于回来了。我不放心你就跑过来看看你，今晚就不走了。你怎么样了？好点儿没有？”

白路成把林清走后的事情跟他说了一遍。白天对白路成的话将信将疑的林清这个时候完全相信了。林清呆了半天，拍拍自己的脑袋：“天啊，我不知道我脑袋里哪个地方是对的，哪个地方是错的！”

白路成叹了口气：“错误的记忆会直接影响我们正常的行为。从现在开始，我们谨慎行事吧。”

林清点了点头，心事重重的样子。他打了个电话，白路成猜到他是给女友小文打的。林清放下电话时，重重地吐了口气：“还好，关于我们的感情，我和小文现在都没有发生记忆混乱。可是我害怕突然之间，我们的记忆出现了差错，有一个人会忘记对对方的感情。那么，另外一个人将会多么痛苦……如果真的是这样，我情愿小文是出错的人，承受痛苦的是我。小文有先天性心脏病，她是无法承受这种打击的。”

两个人心情复杂地睡去。林清很快睡着了，白路成则辗转反侧无法入睡，猜想着明天去青城找自己的父母会发生什么不可预料的事。

天快亮的时候，白路成终于迷糊了一会儿。似睡非睡之中，他听到林清在哭。他想睁开眼问问林清为什么哭，是不是小文不承认是他的女朋友了？但白路成的眼皮似有千斤重，根本睁不开。

后来，还是林清叫醒白路成的。林清说：“路成你别睡了，你今天不是还要去学生处查你家的地址，然后回青城吗？”

白路成一听这话立刻坐了起来：“几点了？”

林清说：“快八点了。你如果快点，可以赶上在家里吃午饭。”

白路成冲林清点了点头，忽然想起林清的哭声，就问：“林清，你是不是哭了？”

林清奇怪地摇摇头：“没有呀。你不是做梦吧？”

“做梦”这两个字像根棒子打在白路成头上，他忽然想起昨天下午梦见白莲子的事。他梦见白莲子掉下悬崖之后不久，白莲子就跳楼了。他认为这是一个巧合，又因为事关自己的隐私，所以跟谁都没有说。现在他想起这件事，不由得想到了什么。

他对林清说：“不管发生了什么事，你都不要相信自己，不要做傻事。”

林清苦笑道:“我知道,事实上,我现在都不敢肯定自己的记忆。”

白路成说:“相信你不会像我这样倒霉的。对了,你还记得小文吧?”

林清愣了,继而坏笑:“小文?你是说文洁吧?叫得这么亲昵,你们不是……”

白路成的脑袋“嗡”的一声,像什么东西炸开了。他的嘴唇无声地动了两下才发出声音来:“文洁是你的女朋友,你不会不记得吧?”

林清反问:“你说文洁是我的女朋友,我怎么相信你?也许是你的记忆发生了问题呢!”

白路成又急又气,半天才说:“我先去办我的事情了。我提醒你,如果文洁来找你的话,你可不能说太绝情的话啊。别忘了,白莲子……”

林清淡淡一笑:“办好你自己的事吧,我的事不用你管。文洁怎么可能来找我呢?她从来都没有跟我说过话。”

## 9

白路成走出宿舍楼,看见冯莺站在不远处的花坛边。他跑过去问:“你怎么在这儿?”

冯莺笑呵呵地说:“我不放心你一个人去青城,所以陪你一起去。”

白路成看着冯莺,忽然间觉得冯莺不知道什么时候长大了,也不知道什么时候变得更漂亮了。也许就在一夜之间。

阳光洒在冯莺的脸上,让白路成感觉非常亲切,这种亲切感让白路成非常开心。白莲子注定是望尘莫及的,但冯莺却可以如此亲近。

在学生处很顺利地查到了白路成家的地址,然后,他们准备去长途汽车站。

这个时候，白路成跟冯莺讲了林清的事情。他问冯莺，在她的记忆里，文洁到底是不是林清的女朋友。

冯莺很肯定地说是。他俩早在大一的时候就开始恋爱了，算起来有三年了。难道三年的事情，林清只睡了一觉便忘得一干二净？

现在判断事情的真相，只能依靠人数了。两个人的记忆一致，他们就暂且确定是对的。

冯莺说："现在，文洁是最可怜的人了。如果她知道林清突然不记得他们的恋情，不知道会有多伤心。我得打个电话给她们宿舍的人，交代要多留心她。"

冯莺打电话的时候，一个念头忽然进入了白路成的脑海里。

冯莺挂断电话的时候，白路成说："咱们先不去青城了，现在去找晁晖老师。"

"找晁晖老师干什么？"冯莺不解。

白路成说："我好像知道记忆错乱的根源了，我需要证实一下。"

他们在晁晖的宿舍里找到了晁晖。他本应该在办公室里改卷子的，却因为被停职而窝在宿舍里。

白路成见到晁晖后，开门见山地问："晁老师，你昨天告诉我们白莲子去找你的时候，你正在睡觉？"

晁晖现在特别反感别人提到白莲子的名字。他眉头皱了一下，还是说："是的。我前一夜看书看得太晚了，很困，就在宿舍里睡着了。"

白路成又问："那你睡觉的时候做梦了吗？梦见什么人没有？"

晁晖想了想点点头："我梦见你师母了。"

白路成说："晁老师，恕我冒昧，我能看看你的手机吗？"

晁晖微微一笑："你是不是想看看我睡觉之前的通话记录？不错，手机显示，我吃午饭前给你师母打了个电话。所以应该肯定，我午睡之前，记忆还没有错乱。而且，我已经把手机的通话记录详单提供给学校了，上面并没有我和白莲子的通话记录。但是，他们还是不相信我，说我当然不会用自己的手机联络，一定用更隐秘的方法，或者干脆还有一部手机。"晁晖叹着气摇摇头。

白路成又问："那师母午睡了吗？"

晁晖说："你师母有午睡的习惯。如果没有重要的事情，她应该午睡了。"

白路成也在摇头："可惜白莲子已经死了。我敢肯定，白莲子那天也在午睡，而且梦见了你。"

"哦？你这么肯定？这个有什么关系？"

白路成说："现在可以肯定，最早发生记忆错乱的人是我。然后是白莲子，接着是你，再然后是师母，再接着是林清。我的发病原因还未知，但这病显然能够传染，而且是在梦中传染的。如果一个人得病，梦见另外一个人，碰巧那个人也在睡觉，那么，那个人醒来也会发病的。"

晁晖对白路成的推理表示难以置信，又不得不承认很有可能。

冯莺惊叫着说："路成，你幸亏没有梦见我，不然我……"

白路成用绝望的眼神看着冯莺。如果真的是这样，那么在以后的日子里，他不可避免地会梦见冯莺。梦都是潜意识的行为，是人无法去控制的。现在，他跟冯莺刚刚有了感觉，他不想这种感觉这么快就被扼杀在摇篮里。

冯莺却笑了："那从现在起，你上半夜睡，我下半夜睡。你不是说两个人只有同时睡觉才会传染的吗？我们不同时睡觉，你就不会传染我了。”

白路成苦笑：“这个只是推测，也许无论你在不在睡眠的状态下，只要我梦见你，就会连累你。我已经连累了别人，而且还会继续……”白路成刚刚说到这里，就听见救护车的声音。

是文洁心脏病突发。就像林清所预料的那样，文洁的心脏无法承受他不记得他们恋情的事实。尽管林清知道自己可能是记忆错乱，但是他不得不告诉文洁事实。而且，他已经忘记了文洁有心脏病的事情。

白路成看着文洁被送上救护车，林清陪着上去。白路成想，但愿文洁能活过来，但愿在林清照顾文洁的过程中，他们能够重新擦出火花。

## 10

如果一件事情有多种可能，结局往往会朝坏的方向发展。救护车刚走，就在白路成和冯莺准备出发去青城的时候，一个男生匆匆拦住了白路成。

“路成，你家里人刚刚打来电话，说你的父亲已经……走了。”那个男生抹了一把汗，“你的母亲在电话里非常生气，说两天前就通知你父亲病危了，你却一直不回家，连你父亲最后一眼都没有见到。你快点儿回家去吧，否则你母亲就不认你这个儿子了……”

白路成像是没有听明白男同学的话。太阳当头，气温越来越高，白路成觉得自己的脑袋像开水壶里的水烧热了、沸腾了……他在冯莺担忧的神色里，晕倒在地。

醒来的时候，白路成第一眼看到的是冯莺的脸。冯莺一夜未睡，眼圈微黑，但眼神却是明亮的。冯莺的第一句话是：“路成，恭喜你，这次专业等级考试，你考了全校第一名！”

白路成一点儿也没有开心的意思，尽管他知道冯莺这么说，是想告诉他，至少有这么一件事是令人宽慰的。尽管他从小到大都与考试第一无缘，如今终于如愿以偿了，但发生了这么多事，连累了那么多人，连父亲最后一眼都没有看到……

冯莺像是明白白路成的心思，轻轻抓着他的手，用这种方式安慰着他。白路成心底涌上一股暖流，不禁微笑了一下说：“还好，莺莺，我没有梦见你。若不是我晕倒了，恐怕这辈子都不敢睡觉了。”

冯莺的眼泪一下子落了下来。她说：“路成，你放心，我都没有睡觉。即使我的记忆也错乱了，什么都忘了，也不会忘记你的。”

白路成含着泪点点头，然后问：“文洁怎么样了？抢救过来了吗？”

冯莺明亮的眼神瞬间黯淡下来。她很艰难地说：“文洁本来就有先天性心脏病，你别太自责了……”

白路成突然发起狂来。他一下子就从床上跳起来，大喊道：“我不能再继续活下去害人了！”然后，他以惊人的力量将头撞向墙壁。白路成这一撞很是结实，“砰”的一声，雪白的墙壁就盛开了一朵鲜艳的牡丹花。白路成的身体像海绵一样软了下去。

“路成……来人啊！”冯莺用尽全身力量大叫了一声，眼前一黑险些也晕倒。

## 11

白路成的伤势非常严重。他颅骨骨折，颅内出血，陷入深度昏迷中。

冯莺、林清和晁晖一直在观察室外等候。

冯莺脸色苍白，原本健康的小圆脸成了瓜子脸。她坐在椅子上摇摇欲坠，好像随时都会栽倒在地。

林清和晁晖劝她休息一会儿，但冯莺坚决不肯。她说："如果我睡过去，如果路成梦见我，那么我就会成为下一个记忆错乱的人。记忆错乱不要紧，要紧的是，我可能会失去关于路成的记忆。"

林清呆呆地望着冯莺。当文洁在他面前心脏病发作的时候，他情愿那是自己。文洁是无辜的，她无法承受林清遗忘自己的事实。救护车里，林清握着文洁的小手，那个时候，他想他是不是置身于噩梦中？如果说白莲子的记忆错乱只是害了她自己的话，那么林清的记忆错乱则害了原本无辜的人。

林清痴人说梦般自言自语道："从现在开始，我也不能再睡觉了。我会绝眠，直到死去。"

晁晖呆呆地望着林清。他说："我已经跟齐云交待过不能睡觉了。可是，我们都不睡的话，迟早会倒下的，到时候凡凡怎么办呢？"

## 12

三天前。

即将参加专业等级考试的白路成心急如焚。他刚刚从父亲的病榻前赶回学校，对于考试茫然无措。

他在校门外徘徊的时候，一名戴眼镜的中年男人叫住了他。

他自称是医科大学精神学博士。他神秘地问白路成："同学，你想不想不用学习就拥有记忆？"

白路成愣了一下，连连点头："当然想！做梦都想！我都快被考试折磨疯了！"

博士诡异地一笑："我可以满足你的愿望。我已经研究出来了记忆机器。只要在你大脑里输入现成的知识以及超强的逻辑思维，你就会在考试中应对自如。”

白路成被博士的话打动了，他同意做博士的第一个试验者。

当天，在一间狭小的屋子里，白路成躺在雪白的床单上，脑袋上戴了一顶奇怪的帽子。这个帽子是博士十年的心血，里面装满了考试所需的知识以及逻辑思维。有关逻辑思维的内容，他采集了去年全省理科高考状元的智慧。他对高考状元的逻辑思维能力很满意。高考状元叫秦阳，可惜已经在一场意外中死亡。

## 13

现在，这个博士已经知道了他天才的发明所酿成的后果。后果之一是试验者在考试中取得了优异的成绩，达到了博士发明记忆机器的终极目的。可是后果之二是，记忆机器在传输记忆的过程中产生了差错，形成了乱码。这种乱码类似于电脑病毒，是一种破坏性极强而且会自动复制的程序。这种病毒会在病原体的睡梦中传染给所梦见的亦处于睡眠中的人。

其实在此之前，博士已经发现了这种病毒。他在实验室里奋战了两天两夜，终于找到了杀死这种病毒的方法，于是顾不上休息就去找白路成。

博士用熬得通红的眼睛查看了白路成的病情之后，重重地叹了一口气。他说，本来准备及时给他的大脑杀毒的，但现在白路成的头部受伤，所以不敢贸然杀毒，怕造成更加严重的后果。于是，博士看着其他几个人问：“谁愿意第一个接受杀毒试验？”

晁晖和林清争着要先接受试验，晁晖通知了妻子齐云，要她尽快到医院接受杀毒治疗。博士向医院要了一个空病房，让晁晖躺下，给他戴上了那顶样式古怪的帽子。为了防止晁晖睡着，他不停地跟他说着话。半个小时后，帽子上的显示屏提醒“杀毒已完成，杀死病毒8个”。博士取下帽子，问晁晖感觉如何。

晁晖如梦初醒，待了一会儿，说自己感觉很好。博士问了他几个问题，他都对答如流。博士吐出一口气，给刚赶到医院的齐云杀毒。

齐云被杀死的病毒只有2个，在杀完毒之后状况也良好。齐云跟晁晖拥抱在一起，然后“扑通”一声双双跌倒在地，竟然就地呼呼大睡起来。他们实在太困了。

筋疲力尽的博士和林清将他们扶到了床上，然后，博士要林清躺下，给他戴上了帽子。

这个时候，博士的本意是监督着林清，不要让他睡去。可是博士太累了，而且因为晁晖和齐云杀毒成功松懈了许多，所以，他竟然在给林清杀毒的时候，趴在林清床边睡着了。

冯莺见状，虽然也是困极了，但强忍着不睡，对也是昏昏欲睡的林清又掐又咬，阻止他睡着。冯莺对睡着的博士没有理会。她只想着博士脑袋里无毒，所以没必要叫醒他。这样，冯莺就犯下了一个难以挽回的大错——

她忘记了白路成还处在昏迷之中，他有病毒的大脑还能够做梦。这也是冯莺没敢睡觉的原因。她害怕白路成梦见自己，自己也患上记忆错乱症，从而遗忘对白路成的感情。但是冯莺忘记了，白路成此时此刻还会梦见别的在睡觉的人，比如这个博士。

## 14

林清的脑袋里一共杀死了10个病毒。冯莺帮林清摘下了帽子。

与晁晖和齐云不同的是，林清杀毒结束之后，并没有急于睡觉，而是高喊了一声“小文！”然后，他跌跌撞撞地从床上下来，鞋也没穿就往外跑。

冯莺一把抓住林清：“喂，你要去哪里？”

林清泪流满面地说：“我要去找小文！”

冯莺尽量平静地说：“林清，小文已经走了，你要坚强一些！”

林清摇摇头：“那个帽子从头上摘下来之后，我就想起了一切，想起来我和小文三年来的一切。而我竟然在失忆的状态下，残忍地对小文否认了我的记忆。是我害死了小文！我要去找小文！”

病房在十二楼。林清疯狂地挣脱冯莺，冲到走廊尽头的阳台上。然后，在一片惊叫声中，他毫不犹豫地跳了下去……

冯莺见状，腿一软，跌坐在地上。

她再也无法承受这一切了，脑袋一阵眩晕，无力地昏睡过去。

“有人跳楼了！”晁晖、齐云和博士被惊天动地的混乱惊醒。他们在走廊里发现了昏睡过去的冯莺，于是将她扶进病房放在床上。晁晖想，博士杀毒的方法已经成功了，即使冯莺睡过去，被白路成梦见，染上记忆错乱症，也会被博士治好的。

得知林清跳楼了，晁晖一拳打在博士胸口上，怒吼道：“他们都是被你杀死的！你是杀人凶手！”

博士用迷惑和惊恐的表情看着晁晖：“你是谁？我怎么会在这里？”

晁晖的脑袋“嗡”的一声，他急道：“你装什么糊涂？不是你给白路成输入了带有病毒的记忆吗？”

博士摇摇头：“你说什么我不明白，你认错人了吧？”

还是齐云反应快些，说道：“一定是博士刚才睡着了，被昏迷中的白路成梦见，所以也染上了记忆错乱症。所以，他现在记不得发生的这一切了！”

晁晖醒悟过来，跟博士讲了事情的来龙去脉。博士将信将疑，晁晖拉着他去了杀毒的病房，指着搁在床上的那顶帽子说：“就是这个，你是用它把记忆输入白路成的大脑里，也是用它把我们大脑里的病毒杀死的。”

博士看着这顶帽子，看着上面复杂的按钮，呆呆地说：“我已经忘了我曾经发明的这个东西，更不知道它是怎么使用的……”

## 15

白路成还在昏迷中。

冯莺在睡了六个小时之后，茫然地睁开了眼睛……

# 第四象限

## 1

我找好新住处的时候，正下着雨。

我把所有的家当都塞进出租车之后，衣服已经湿透。出租车司机递给我一块塑料布才让我坐下，淡漠地说："为什么不等雨停了再搬家？"我说："房租到期了，而且，那个地方我一分钟也不想再待了。"

其实，旧房子我只住了四个月。在这四个月里，我由幸福的小女人沦为标准的怨妇。QQ 聊天记录里，秦源用五千字打动了我的心，用十万字让我进入热恋，然后，只用了五个字就抛弃了我——"默默，对不起。"

从此之后，秦源就在人间蒸发了。QQ 不上线，手机关机。当我在出租屋里已经算不清楚他消失了多少天的时候，我决定搬家。

新住处的小区里有很多树，我把自己的东西收拾好，洗了澡换了衣服，打着伞在树底下晃悠。新住处的宽带还没有接通，没有网络的我也不用工作了——催稿子的编辑都找不到我。对，我其实和秦源算是工作关系，我是时尚杂志的画手，他是编辑。但我永远不会再给他的杂志画插图了。

我一边在雨里走一边对自己说："林默默，你要重新开始，你是最棒的……"拐了个弯，我觉得肚子有点儿饿了。新住处还没有开火，我想找个美味的小饭馆，却发现街边有个小小的书店。

我没顾得上看书店的名字就钻了进去。我把湿漉漉的伞放在门口的架子上，用欣喜的眼神打量着书店：三分之二的地方是密密的书架，色调是干净的白色；另外三分之一的地方布置成吧台，可以喝咖啡、茶或者其他饮料，色调是温暖的浅橘色。我顿时喜欢上了这里，在这样的地方，我可以一次待两小时以上。

两小时之后，我挑了两本书准备结账的时候，忽然发现店门口的墙上贴满了纸片。我的好奇心顿时膨胀了好几倍，凑过去，见上面贴的都是书店统一裁剪的纸片，纸片上写着各式各样的留言。

有写给自己的，有写给别人的，有长有短，有诙谐的、温情的、励志的、伤感的，不一而足。

这样的留言让我充满了遐想。然而，一张纸片却让我如遭雷击。那张纸片上大部分都是空白，上面写了五个字，字号非常小：默默，对不起。

我的眼前在金星四溅之后，确定没有眼花。再仔细看，纸片的右下角居然还有一行日期：2010年9月3日。

我用了整整一分钟才算出来今天是2010年9月5日，所以这张纸片是两天前才写的！

我站在纸片前，心潮澎湃。几个小时之前还决定忘掉秦源的我，鬼使神差地在纸片上写下几个字:可以告诉我原因吗?

我写完之后,一回头,见店主正在笑眯眯地看着我。那是一个和我年纪差不多的姑娘,眉清目秀的,手里拿着一沓纸片问我:“需要这个吗?”

我有类似做贼被抓到的感觉,摇摇头,飞快地结了账,伞都忘了拿就跑出去了。雨已经停了,所以我走到小区门口时才想起那把伞来。

可是我懒得回去拿了。也好,明天可以趁着拿伞的机会,看看那张纸片有没有人回复。

我刚走进小区的第一幢楼前,就听见头顶上有人哭喊。

我的头还没有抬起来,就看见一个白色的影子落下来。很大的一声响,当我明白过来那是一个人从楼顶掉下来的时候,我站在原地无法动弹。

我的第一个念头是,有人自杀了。我一直不明白为什么会有人选择坠楼这种方式结束自己的生命。当我看清楚现场的情景后,这种想法更强烈了。我承认,在秦源离开的时候,我也有过轻生的念头,可是我绝对不会选择这样的方式。

那是一个女人,摔得全身都变了形,以一种匪夷所思的姿势伏在地上,全身的衣服几乎都剥离了。虽然我从来没有见过死人,可是我只看了一眼,就认定她没救了。然后,我听见周围的惊呼声又掀起热浪。我下意识抬起头,看到在十一二层楼的窗台上,一个人正试图跳下来。

那是一个男人,也穿着白色的衣服。我想,刚才那声哭喊就是他发出来的。那个已经在瞬间死掉的女人一定是他的恋人。他们之间发生了什么事情?他现在打算殉情吗?

小区里越来越混乱了。有些人在大叫“不要跳!”有些人在拨打

110,还有人在用手机拍视频。而我只是呆呆地站在原地,一动不动。

那个人终于还是没有跳下来。他被警察带走的时候,我看清楚了他的样子。那是一个很英俊的男人,个子高高的,脸形和五官都很立体,头发稍长,走起路来很飘逸,但一点儿也不娘,相反还有点 man,特别是眼神足够犀利,是某一类女生一见就会痴狂的类型。

但这种男人不是我的"菜"。我喜欢长相阳光、眼神温柔的男生,比如秦源。曾经我以为秦源就是我这辈子要找的人,可是人生无常,比如那个坠楼死掉的女人,不管她是怎么掉下来的,也许她昨天还很幸福。

第二天我起得很早,收拾妥帖之后我就去了书店。店主姑娘把伞还给我的时候,看我的眼神有一点点奇怪。我想问什么但又不知道该问什么,她想说什么却又始终没说。

临走的时候,我还是看了一眼那张纸条。我看了一眼就立刻后悔了,因为纸条上并没有任何回复。我太心急了,我应该今天晚些时候再来,甚至明天再来的,因为我实在不好意思在同一天里去看两次。

于是,在接下来几天里,我只是每天傍晚的时候去一次书店。每次一到书店,我就会先看留言板,可是每次都失望。那纸片上根本没有再多出一个字来。

我的心渐渐冷了,忘掉秦源、重新开始的念头又强烈起来。只是每到深夜,我想起秦源就会哭。我知道,哭说明我还爱着他。

所以每天傍晚,我还会身不由己地去书店。可是突然有一天,书店关门了。

我不甘心,仍然每天都去。在第三天的时候,书店终于又开张了。只是我一进去就觉得不对,因为那个清秀端庄的店主姑娘不在,取而代之的是一个落魄、满面胡须的男人。这样的男人坐在这间宁静温馨的书店里，让我感到很奇怪。

我的视线离开他，朝留言板看去，心里彻底凉透。满墙的纸片全都不见了，墙上又贴了一张干净的纸，上面什么也没有，墙前面的桌子上搁着一沓纸片。

走的时候，我拿起一张纸片贴在墙上，在上面写道：我是默默，我每天都在这里等你的消息。

我出门的时候，发现新店主正盯着我看。我停下脚步问："原来的店主哪儿去了？"

新店主说："她去世了。"

"啊？"我吓了一跳，呆呆地看着新店主。

新店主说："她是我的女朋友，三天前的晚上，她很晚都没回家，给她打电话也不通，我来了之后，才发现她已经……警察说，她是心脏病突发，可能遇到了强烈的刺激。"

我的心痉挛起来："她遇到了什么事情？"

店主说："不知道。所以我决定把这家店开下去，直到查清楚真相。"

## 2

第二天傍晚我下楼的时候，发现在前些天那个姑娘坠楼的地方摆了好多个花圈。那个姑娘拖到现在才下葬，一定是警察才结案。我好奇地走近，看花圈上写的挽联，才知道死去的姑娘叫罗菁菁。

其中一副挽联是这么写的：菁菁，对不起。

没有署名。

大脑的神经在瞬间像被抽离了似的，我失去了所有的感觉，眼前只有这五个字。

因为我发现，“菁菁，对不起”的笔迹跟书店纸片上的“默默，对不起”是完全一样的。虽然前两个字不同，但是有形不似而神似的感觉，后三个字“对不起”就更别提了，完全就像一个模子刻出来的。

难道这副挽联是秦源写的吗？虽然我和秦源足够亲密过，但是我从来都没有见过他写的字。这在通信技术足够发达的今天是不足为奇的事。

几分钟后，我逃离了那堆让我窒息的花圈。当我的大脑可以正常运转的时候，我开始对这件事进行猜测。

秦源是一个风流成性的男人，这样的男人注定背了太多的感情债。我——林默默，和这个已经死去的罗菁菁都是受害者。只是罗菁菁比我的承受能力更差一些，选择了绝路。

这让我突然可以站在旁观者的角度看待这件事。我觉得她的死很不值，她的爱很不值，当然，我的爱也是不值的。这样想的时候，我决定去书店把那张纸片撕掉，趁秦源可能还没有看到的时候。

可是，当我又一次站在书店里的时候，我发现那张纸片上居然有回复了：我不是他，你找错人了，别再来这里了。

吃惊的同时，我的脑子快速思索着，得出如下结论：

第一个结论，这行字跟纸片上的“默默，对不起”，以及挽联上的“菁菁，对不起”出自一人之手。

第二个结论，有两种可能，第一种可能：这个人不是秦源，他早就见过我在他纸条上的回复，从字体上认出我不是他的默默，或者他见过我本人，发现我不是他的默默；第二种可能：这个人就是秦源，他知道是我，但不愿意再招惹我，因此说他不是秦源。

所以，我现在要弄清楚这个写纸条的人是谁。

我走到店主跟前，他正在一个角落里码书。我站在他身后说："你好，我能问你一个问题吗？"

他回过头，似乎认出了我，对我点点头。

我让他跟着我走，一直走到留言板前，指着那张纸条问："写这张纸条的人是谁？"

店主立刻摇头："这我哪儿知道？每天留言的人那么多，而且他们写的时候，我一般都很识趣，离得远远的。"

我失望地点点头。

他突然问我："你的名字叫默默？"

我点点头，然后想起了什么，掏出手机，调出秦源的照片，递到店主面前："你见过这个人吗？他有没有来过书店？"

店主拿起手机，仔细看了一会儿，然后说："没有。"

我说："你刚才说每天留言的人很多，那来书店的人岂不是更多？你就这么肯定没有见过这个人？"

店主说："姑娘，实不相瞒，自从我女朋友出事之后，我非常留意每一个来书店的人。"店主说着，从柜子里拿出一个本子，翻开让我看，"这里面记录了每一个来书店的人，我都给编了号，每个人来几次，每次来都做什么，买什么书，我记得都非常清楚。"

我很震惊这个男人有这么细腻的心思。当我提出想看看他的本子的时候，男人很戒备地拒绝了。

我问："前几天，附近有个姑娘跳楼死了，你知道吗？"

店主说："知道，我是听我女朋友说的。她说，那个跳楼的姑娘和她的男朋友都是书店的常客。"

我吃了一惊，想起跳楼现场的那个很英俊的男人。一定是他！他可能就是写挽联的人，也是写纸片的人。

他辜负了一个也叫默默的姑娘，也辜负了那个已经死去的罗菁菁。但是，他与我无关。

他没有骗我，我真的是找错人了。

半小时后，我坐在阳台上，一边喝红茶一边看书。下午的阳光刚刚好，风也刚刚好。我看累的时候，合起书，目光不经意地掠过楼下的风景。

我看到一棵大树下的木椅上坐着一个男人，白色的毛线衣，白色长裤，白色球鞋。他拿着一个手机在玩，头靠在树干上，额前的刘海遮住了一只眼睛，露出高高的鼻梁和尖尖的下巴。

正是坠楼姑娘的男朋友！

我的心忽然悬了起来，眼睛一眨不眨地盯着他看。我在想象着像他这么英俊的男人，那个为他而死的罗菁菁长得什么样？被他伤害的默默又长得什么样？

后来，他大概累了，把手机揣在口袋里，躺在木椅上睡了一会儿。再后来，他走了。他走了五分钟之后，我才看到木椅上还有一个白色的东西，好像是他刚才把玩的手机。

我突然有了一个决定。我扔掉书，以最快的速度往楼下跑。我跑到那把木椅前面的时候，那部手机还在。我看了看四周，没有人，于是用最快的速度把手机揣进口袋里，溜上了楼。

直到我拿着手机重新坐在阳台上时，才意识到自己的行为完全就是一个女贼。

可是我一点儿也不后悔。我兴奋地准备翻看手机里的信息时，眼角的余光意识到了某种情况。我往楼下看，果然是那个人回去找他的手机了。他站在空荡荡的木椅前面，四处张望着，很不安的样子。

然后，他摸了摸口袋，又掏出一个手机来，是黑色的。他摆弄了一下那部黑色手机，然后，我手里的白色手机开始铃声大作。

我惊得差点儿跳起来，赶紧挂断电话，关掉手机。

我不知道他是否听到了铃声，只看到他四处张望了一会儿，既不安又迷茫。他就那样站了一会儿，终于走了。

我回到房间，把手机开机，设置成静音状态，开始看手机里的短信息。

收件箱里一共有五条短信，全是一个叫盛莲的人发来的。

第一条："我相信你，可是我还缺少一些勇气。"

第二条："你别逼我，你逼得越紧，我就越害怕。"

第三条："你是一个快乐至上的人吗？为了快乐，可以不在乎许多东西？"

第四条："好吧，也许我可以尝试一次。我豁出去了。"

第五条："好，听你的。"

这么看，似乎不是很连贯。我又打开了发件箱，找到了机主发给盛莲的五条短信：

第一条："交往了这么久，你还不相信我吗？"

第二条："少了勇气，就少了许多人生的体验，错失了很多快乐，收获了太多遗憾。你不觉得得不偿失吗？"

第三条："那我就不逼你。聊了这么久，我还不知道你长什么样子，起码让我看见真实的你，行吗？"

第四条："可以这么说。但我是一个很有底线的人。我跟你承诺过的事情就一定会做到。”

第五条:“那好,今天晚上你来我这里吧。地址是青宁小区 11 号楼 121 号,敲门声三下一顿为暗号。”

我正在揣摩这些短信的时候,手机又收到了一条新消息:“对不起,我反悔了。我会从你的世界里消失,就当我从来没有出现过。”

是盛莲发的。

我想了片刻,给盛莲回复了一条短信:“好吧,保重。”

这个时候,我有了一个大胆的决定:既然那个男人没有见过盛莲的模样,盛莲也不会再联系他,那么,今天晚上,我可以冒充盛莲,走进那个神秘而英俊的男人家里。

## 3

晚上八点,我站在了神秘男人的家门前。

我镇定自若,用了约定的暗号敲门。开门的果然是那个男人。

我从他的眼神里看得出,他觉得我还算漂亮。他的嘴唇轻轻地抿了一下,就算是笑了。他穿着一件没有一丝杂色的白色毛线衫,同样是没有杂色的白色棉布裤子,脚上是一双用白毛线钩织的拖鞋。我很八卦地想,那一定出自某个织女之手。

我的短靴踩在他家的木地板上,发出来的声音让我觉得这不是做梦。他让我坐在沙发上,递给我一杯水。

但我不敢喝,只是道了谢,将杯子轻轻放在茶几上。帅哥盯着我看了一会儿,问:“如果你准备好了,那么现在开始吧。”

我懵懂地点点头,心里一片茫然。我无法从他和盛莲的短信里猜出来他们要做什么,但知道一定是一件非常冒险和刺激的事情。

我的心跳开始加速。他站起来说："跟我来吧。"我跟着他，走进一个房间，里面还有一个更小的套间。套间的门上贴着和墙一样的壁纸，接缝处天衣无缝，因此，根本看不出来那里有一扇门。

我跟着他走进去的时候，里面很黑。他把门关上之后才开灯，所以，有那么几秒钟，我们完全置身于黑暗中。

在我的鸡皮疙瘩起来的时候，灯亮了。我看到这个房间完全是白色的，就像帅哥的白色毛线衫一样，没有一丝杂色。

有什么地方是纯白色？酒店？不是，酒店里只有床是白色的。还有什么地方？医院？对，是医院。

我想到医院的时候，不只是因为视觉的联想，还因为我闻到了只有医院里才能闻到的气味——酒精的气味。

我的身体开始发抖。我很想问："你要干什么？"但又不敢问，怕他发觉我不是盛莲。

"我见过你。"他突然说。我吓了一跳，以为自己穿帮了。绝望的瞬间，我看到屋子里有一张铺着白色床单的床，床头放着一张桌子，桌子上摆着两个白瓷盘。一个白瓷盘里放着注射用的玻璃针筒和银白色的针头，另一个白瓷盘盖着，不知道里面放的是什么。

我的脑袋像是被什么击中了一样，几乎昏厥过去。我突然发现我真的是在梦里，一个噩梦里，一个做了二十年的噩梦。

他见我像是被吓坏了，于是嘴唇又抿了一下。他说："我在书店见过你。你真的叫盛莲？"

我立刻点点头，却又马上摇摇头。

他说："嗯，你一定不叫盛莲，你的名字叫默默，对吧？"

我想，我冒充盛莲这件事真的很傻。我天天去书店，如果他真的是写纸条的人,他肯定见过我。

我索性说:“我叫林默默。”

“哦……”他若有所思,“那么,盛莲是你的化名?”

我有点儿呆。难道我没有穿帮?于是我不置可否地笑笑,然后问:“可以告诉我你的真名吗?”

他说:“我对你说的就是真名。白羽,羽毛的羽。”

白羽……这个名字倒是跟他挺配的。我正这么想着,突然听见他问:“准备好了吗?我们开始吧。”

他一边说着,一边走到桌子前,将那个盖着的白瓷盘掀开,里面放着一把镊子以及浸着酒精的棉球。

我一秒钟也不能在这里待下去了。我呼吸艰难地说:“别,别,我反悔了,我要走……”

白羽的身体僵住,然后转过头盯住我。这一刻,他的目光变得邪恶而且亢奋,与刚才的他判若两人。

我后退了几步,往身后推了两下。门开了,我跌跌撞撞跑出去,又穿过两道门,才跑出了白羽家。

白羽没有追过来,所以我很顺利地跑回了自己家。我把家门紧紧锁住之后,才发现身上的汗水已经把内衣弄湿了。

我洗了个热水澡,让自己平静下来,然后躺在床上,又拿出白羽的手机研究起来。

通话记录被删得干干净净,短信箱里只有那十条短消息。所以,通讯录就成了唯一的线索。

有意思的是,通讯录里只有三个人的名字。这很奇怪,因为几乎任何一个年轻人的手机通讯录都不可能只有三个人。再联想到白羽的身上还有另外一部手机，因此我可以断定这部手机的号码是小号。

这三个人的名字分别是盛莲、兰琦、方默默。

方默默……方默默……让我感兴趣的是方默默。

白羽写在书店墙上的纸片就是给方默默的。

“默默，对不起。”就是这句话让我产生了误会。看来，这件事情真的跟秦源八竿子打不着了。我既伤心，又觉得安慰。伤心是因为秦源真的把我忘了，安慰是因为秦源并不是事件里的花心男主角。

我想到了一个问题——这部手机里没有罗菁菁的号码。如果罗菁菁真的是白羽的女朋友，那么就有两种可能，一是这部手机是背着罗菁菁联络其他姑娘用的，二是罗菁菁的号码太熟悉了，根本用不着存起来。

我靠在床头，打开笔记本电脑，连接到白羽的手机号码对应的网络运营商的网上营业厅页面，在登录号码里输入手机号码，然后用白羽的手机发送查询密码的指令到客服中心，不一会儿，收到一条短信，里面正是手机服务密码。我把密码输入电脑，然后登录成功。

点击“我的详细信息”菜单，“客户名称”赫然写着“白羽”。看来白羽没有骗我，这确实是他的名字。看到他的身份证号码，我知道了他的生日——1981 年 11 月 25 日。看来他的样子比实际年龄显得年轻。

然后，我点击“详单查询”的菜单，查询到最近三个月的话单。

查询结果很有意思。

一是只有通讯录里的三个人的话单，并没有第四个号码，这就说明这部手机的确是白羽背着罗菁菁联系其他姑娘用的。

难道罗菁菁跳楼就是因为她知道了这件事？她无法接受白羽和其他姑娘有染，所以冲动之下以死相抗争？

二是这三个人的通话记录在时间上几乎没有交集。最初是跟方默默联系的，然后是跟兰�，最后是盛莲。

这说明白羽并没有同时玩弄两个姑娘，在某种程度上可谓是“专一”了。

想到“玩弄”这个词，让我不寒而栗。白羽到底在做什么？他的那间纯白色的小房间，针筒、酒精、棉球……

我一直在想白羽到底要做什么，肯定不会只是打针那么简单。难道……

我想起来前几天在网上看到的一则新闻，是说有人会以见网友的名义诱骗涉世未深的姑娘，麻醉之后，割开身体，把一只肾取走，然后再缝上，泡在冰块里。待受害者醒来后，手边还有电话和“温馨提示”，提示：不要动，赶紧打120急救电话。这还是有点儿良心的人做的，如果遇到彻底灭绝人性的人，受害人就会性命不保，到时候全身的器官都成宝贝了……

对，一定是这样。白羽肯定是个骗子！他一定是用花言巧语把姑娘们骗过去，然后实施阴谋。罗菁菁肯定遇到了和我相同的情况，而且受到的惊吓和刺激比我更多，因此在惊惶中坠下楼去。

我该怎么办？要不要报警？

不，我手里没有任何证据，报警反而会打草惊蛇。如果不报警，我就有两种选择：一、以最快的速度远离这一切，以确保自己的安全；二、暗中搜集证据，揭开有关白羽事件的真相。

## 4

我没有急于作出决定，一直在犹豫和纠结。第二天早上，当我再一次打开白羽那部手机的时候,发现上面有一条新短消息:把手机还给我,然后忘记昨天的事,否则你会死得很难看。

我想了想,回复短信:除非你先告诉我真相,然后我会把手机还给你,并且发誓绝不说出去一个字。

我等了很久都没有等到白羽的回复,看来他不愿意和我正面交锋了。我是假装强硬,实际上害怕得要命,一整天都没敢出门。

天快黑的时候,我终于作出了决定——将这件事追查到底。我也说不清楚为了什么,就算为了那个和我同名的方默默吧。

我用白羽的手机拨打方默默的号码,可是方默默的手机停机了。我又拨打其他两个姑娘的号码,对方都关机了。

这个结局让我很失落。我窝在沙发里无聊地摆弄着白羽的手机,突然发现方默默的资料里还有她的 QQ 号码。

这个 QQ 号码让我像打了鸡血一样,立刻去开笔记本电脑。我用了一个从未用过的 QQ 号码,把昵称改为"默默",申请加入方默默的 QQ 号码。

在申请信息里,我写道:我是你的朋友。

虽然我和方默默素昧平生,但我在心里已经把她当成朋友了。

让我惊喜的是,对方很快就通过了我的申请,而且 QQ 昵称也是"默默",这让我感觉很亲切。

"你是谁?"对方先开口了。

我说:"请问你是方默默吗?我是林默默。"

对方说:"我不是方默默。林默默是谁?"

我说:"我找方默默有点儿事,请问她在吗?"

对方沉默了一会儿才说:"方默默不在,她已经失踪很久了。"

我大吃一惊。方默默失踪了?!

我问:“你是谁?我可以和你聊聊吗?”

没想到对方比我还痛快:“好,最好我们能当面聊聊。”

他这样说,我却有点儿退缩了。对方是不是好人?如果是像白羽那样的坏人怎么办?或许,对方就是白羽本人也说不定……

当我在QQ窗口里说“好的,明天吧,我们约个地方”时,我被自己吓住了。

我觉得自己正向着可怕的深渊靠近,已经没有了回头的可能。

第二天天不亮我就起床了。我拿着白羽的手机跑到他上次丢手机的木椅前,对着昨天白羽发来短信的号码发了个信息:“手机在丢失的地方,请速取。”

然后,我把手机放到木椅上,用最快的速度跑回家。

我不敢开家里的任何一盏灯,躲在阳台上等白羽去取手机。风很凉,我穿得很单薄,当我借着路灯的光芒看到白羽走到木椅前时,我打了个喷嚏。

这声响很清脆,我觉得一公里外都能够听见。我看见白羽转过身向我藏身的阳台张望。我紧紧捏住鼻子,把第二个喷嚏憋了回去。

午后一点是用方默默的QQ号码的人与我约定的时间。我准时到了青城图书馆后面的广场。秋天的午后,阳光很好,树叶轻轻地飘落在我的身边。

当我看清楚来人的时候,吃惊得说不出话来。他不是白羽,也不是不明身份的陌生人,而是书店的老板。但是我第一眼竟然没有把他认出来,因为他把满脸的胡须刮掉了,头发也剪短了。他把自己弄得清爽之后,我发现他居然是个难得一见的帅哥。不仅帅了很多,而且看起来还很年轻。

他这个样子才跟那个清秀的女店主般配。我想,他平时一定是每天都刮脸的,那几天之所以没有刮脸,一定是因为女朋友死了,他太悲伤了。

他脸上的表情和我一样惊讶,确切地说,是惊喜。他说:“原来是你啊,我还以为是哪个无聊的人跟我开玩笑呢。原来你也认识方默默呀。对了,我记得你也叫默默,是吧?”

我说:“我叫林默默。”

我看到广场上有一处空地放置着健身器材,于是建议到那里说话。我们并排坐在健身器上,开始交谈。离远了看,倒像是一对亲密的情侣。

我说:“其实我不认识方默默。事情是这样的……”我从他书店里的那张纸片讲起,谈起了秦源带给我的快乐以及伤害,对往事的怀念以及迷惘。

他认真地听着,时常用很干净的眼神看我。这种眼神又让我想起了秦源,不过秦源的眼睛里比他多了些温暖。

我讲了白羽,讲了我亲眼目睹罗菁菁坠楼惨死,还讲了白羽那间恐怖的白室。

他听完,想了一会儿,问我:“你说白羽的手机里有三个人的名字,一个是你冒充的盛莲,另一个是方默默,还有一个呢?你没有说。”

我说:“兰堉。那个字很少见。你认识方默默,那么这个兰堉你认不认识?”

我这句话还没有说完,他的脸色已经变了。他的表情告诉我,他认识这个兰堉。

他说："你不知道吗？她就是我死去的女朋友。"

我的眼睛瞪得大大的，看着他，脑海里浮现出那个眉清目秀的店主姑娘。原来她叫兰珛。原来她也认识白羽。

他说："现在该我给你讲了。"

我说："先告诉我你的名字。"

他说："我叫乔安。你想知道什么？关于方默默，还是兰珛？"

我其实一直都对方默默这个人最好奇，可是现在，我对兰珛更好奇了。我说："从你的女朋友开始讲起吧。你一定不知道她认识白羽对吧？那么你认识白羽吗？"

乔安说："虽然我今天才知道他叫白羽，但是我已经认识他一段时间了。他也是我书店里的顾客，你知道的。由于他的长相和打扮都很出众，所以我格外留意他。当我从其他顾客的交谈中得知，那个叫罗菁菁的女生就是从他的住所跳下去的时候，我对他更关注了。"

乔安继续说："他每天都会来书店一次，这一点和你很像。只不过，他是每天在上午书店开门不久就来，而你是在每天傍晚才来。所以，他如果在书店里见过你，一定是在傍晚的时候，在书店外面偷窥的。"

我问："白羽去书店都做什么呢？"

乔安说："他从来都没有买过书，甚至连书都没有翻过。他每天都会在休息区喝上一杯不放糖的豆浆，似乎把我的书店当早餐店了。不过，我留意了，书店的留言板他是每天必看的。所以，我觉得他每天是打着喝豆浆的幌子去看留言的。"

我思索着："难道他是在关注着我的留言？他以为我就是那个方默默？所以他在暗中观察谁是写留言的人？而且，他有了结论，我不是方默默。对了，我们本来是要说兰珛的，却说到了白羽。那么将错就错，关于白羽,你就了解这么多吗?”

乔安说:“就这么多。那么我们来说兰珣吧。其实,我认识她的时间并不长,只有三个月。你很惊讶吧?其实我想说,三个月并不代表时间很短。有的人认识十年了却还是陌生,有的人在一起只有三个月,却觉得相识了一辈子那么久。”

我的眼眶忽然热起来:“乔安,你说得对!我和秦源在一起的时间也很短,但是我们……”我没有再说下去,我突然觉得我没有资格说这些话。秦源离开我,说明只是我一相情愿而已。

乔安看到我哭了,有点儿无措,摸了摸衣袋,掏出一包纸巾来。我是第一次见到带纸巾的男人。我用乔安的纸巾擦眼睛,闻到了茉莉花的香气。

我平静下来,继续听乔安说:“我认识她的时候,她的书店已经开了一年多了。其实我并不是在书店认识她的,而是在其他场合。当然,我们怎么认识的不重要。我很喜欢她的书店,我工作不忙的时候,每天都会在她的书店里待一会儿。喝饮料、听音乐、看书,总是有事做。当然,我做的最多的事还是看她,她是我见过的最好看的姑娘……所以,她走了之后,我就在最短的时间内把工作辞了,给了她父母一笔钱,把书店盘了下来。所有的东西我都没有改动,还是原样,除了店主不同。可是,自从我做了店主之后,我每天在店里只会做一件事,那就是想她。我会经常出现幻觉,看到她在整理书架,看到她招呼顾客。有时候我会看到她在窗边静静坐着,看着我,于是我们就那样看着,看着……”

乔安说得很动情,我却感觉寒气刺骨。他看出了我的异样,苦笑着:“别害怕,我没有失常,你就当我在做白日梦吧。”

我问:“兰珣的事情调查清楚没有?”

乔安神色黯然地摇了摇头："书店那里人多，外来人员又占了大半，所以调查起来相当困难。而且那条街道比较小，没有安装摄像头。我想，我接替兰筠做店主，还有一个目的，就是等知情者告诉我真相。我相信，那天晚上一定有人看到了什么，而且跟兰筠的死有关。"

我说："那你现在有没有想到，兰筠的死跟白羽有关呢？"

乔安突然激动起来："当然想到了。不仅兰筠的死跟白羽有关，罗菁菁的死也跟白羽有关，方默默的失踪还跟白羽有关。"

我也激动起来："方默默，你又是怎么认识她的？而且还用她的QQ号码！"

乔安说："方默默是我以前的同事，曾经喜欢过我，但是我觉得她心机太重，没有和她在一起。"

我问："方默默到底是个什么样的姑娘？你说得具体一些。"

乔安说："方默默比我小一岁，看起来却比我大，并不是她长得老，是因为她打扮得比较成熟。当然，她还是很漂亮的，很懂得跟异性的相处之道。所以，她是属于很受男人欢迎的一类女生。"

我苦笑："这类女生，通常是女人排斥的对象。我一直认为，男人喜欢的女人，与女人喜欢的女人，是不一样的。"

乔安说："很有道理，我从来没有看到方默默有比较要好的同性朋友。说到这里，那我问你，女人喜欢的女人是什么样的？"

我想了想说："女人喜欢的女人，就是兰筠那样的。好看但是不张扬，越品越有味道。"

乔安微微一笑："我也喜欢这类女人，那我不也成女人了？"

这个时候，我觉得有一些奇怪。今天我见到的乔安，似乎完全从兰筠死亡的阴影中走出来了。虽然他处处表现出对兰筠的爱意，可是并没有过于悲伤。这个问题只是在我的心里想了想,并没有问出来,因为这样不但无礼而且残酷。况且,我凭什么知道他内心的真实想法?也许,他只是将悲伤隐藏起来了。

我转移了话题:“方默默是什么时候失踪的?”

乔安说:“两个多月之前。方默默以前每天都会给我打电话,可是从那以后就没有再打了。然后我就听说她失踪了。其实我一直不以为然,像她那样的女人,交几个男朋友,跟他们玩疯了不回家不是奇怪的事。奇怪的是,我发现所有认识方默默的人都不知道她的下落。我不死心,就天天挂着她的 QQ 号码——哦,那个密码其实是我破译的。在 QQ 上每见她一个朋友,都会问有没有见到方默默。可是没有,然后,今天,你就出现了。”

我问:“你为什么对方默默有这么大的兴趣?你是不是自己也不愿意承认,你是喜欢她的?”

乔安说:“除了兰琦之外,我不会喜欢别人的。”

我很想对乔安说:“可是兰琦已经死了,你迟早会喜欢别人的。”但是我没说,我觉得和他说这些话毫无意义。

我说的是:“咱们现在已经把所有的事情串在一起了,线索都指向白羽。下一步我们怎么办?”

乔安想了想说:“我明天去找一个警局的朋友,了解一下罗菁菁到底是怎么坠楼的,然后把知道的情况告诉你。”

我举双手同意。

临走的时候,我忽然发现乔安的侧面很好看。有棱角的眉骨,线条柔和的鼻头,微微翘起来的嘴唇。我有一点脸红,我从来没有这样细看一个男生。然后我又想,我只是花痴一下而已,又没有动心。再说,乔安看我的目光虽然和秦源一样纯净，可是里面却没有温暖，是冷冰冰的。

冷冰冰的，就像秦源离开后的世界。

## 5

第二天下午，我刚刚从午睡中清醒的时候，乔安打来了电话。在电话里，乔安告诉了我关于罗菁菁的事。

罗菁菁是白羽公开的女朋友。虽然白羽之前交过不少女朋友，而且至今还会有一些关系暧昧的女生，但是她和白羽交往的时间是最长的，快两年了。他们虽然也会闹别扭，但大部分时间还是很好的。罗菁菁是大多数男人心目中最完美的恋人——长相标致，性格温柔，知书达理。

出事的那天并非偶然。虽然罗菁菁的脾气很好，可总是因为别的姑娘而对白羽疑神疑鬼。偏偏白羽是那种很容易拈花惹草的男人，时间长了，罗菁菁就得了一种很可怕的心理疾病——抑郁症。这种说法是有根据的，市精神病院心理咨询室就有她的病历，从病情来看，时好时坏，并且有自杀的倾向。

出事的那天正好是周六，两个人都在家休息，本来约好下午去看电影的，可是临出门前，白羽接了一个电话，是他前女友打来的，想问白羽借点儿钱。

这个电话被罗菁菁听了个清楚。挂了电话，罗菁菁的意思是前女友肯定以借钱为借口，目的是想跟白羽旧情复燃。白羽却不承认，并且表示不和罗菁菁看电影了，要和前女友见面。两个人因为这件事纠缠了一个小时。后来，罗菁菁见白羽执意要去赴约，一怒之下跑到阳台上跳了下去，当场殒命。

乔安讲完了。我说："听起来倒像真的，虽然剧情有点儿狗血。"

乔安说："事情是真的，警察已经证实了。白羽的前女友马上就要结婚了，根本没有跟他复合的意思。借钱是真的，因为要准备婚房和结婚用品，他们手头很紧，所以想跟白羽借一点儿，没想到引出了这样的事。"

我问："乔安，你相信事情是这样的吗？"

乔安说："我觉得事情越是合情理，就越是有问题，但是，所有的证据都证明这是真的。而且，因为当天是周六，好几个休息在家的邻居都说听到了白羽和罗菁菁的吵架声，甚至有一个邻居听见罗菁菁喊了一句'白羽，有她没我，有我没她！'"

我说："这句话表面上看是在争风吃醋，但是，并不能充分证明白羽的清白。还有，我觉得这些事可能都是真的，但是，这些事情一定会让罗菁菁跳楼吗？或许，完全是白羽利用这些条件实施谋杀，把罗菁菁扔下楼。"

乔安说："有道理，也许白羽不是谋杀，是在情绪激动的时候失控杀人也说不定。不过，你不要忘了，罗菁菁有抑郁症，她有自杀的倾向。遇到这些事情，心理健康的人应该不会自杀，可是罗菁菁就不同了。"

我说："抛开这些事情不说，说说白羽的那间'白室'。罗菁菁的坠楼案里有没有关于白室的记载？"

乔安说："我特意叮嘱朋友留意一下卷宗里的现场情形，可是没有这方面的记录，更没有提到那间白室。"

我说："那间白室的门和墙壁的颜色相同，并且白羽家那样的单元房，套间里再套一个房间的布置是罕见的。因此，警察可能并没有发现那间白室吧。”

乔安说:“也许即使警察发现了,也没有发现可疑的线索,或者被白羽给糊弄过去了。”

我说:“我觉得那间白室大有文章。那里面一定藏着一个不为人知的惊天秘密。”

乔安说:“你准备怎么办?这件事本来和你一点儿关系都没有,你这样做很危险。”

我说:“可是和你关系重大不是吗?如果你认为我是你的朋友,那么就和我有关系。”

乔安说:“我和你只是萍水相逢而已,算不上朋友。”

我有点儿语塞,半天才挤出一句话来:“你这么说是为了不牵连我吗?”

乔安竟然说:“是的。”

我本来已经打算和乔安联手调查了,谁知道乔安根本没有这个意思,虽然他是为了我好。我不喜欢勉强别人,更不喜欢改变别人,所以,我淡淡地说:“好吧。”

挂了电话后,我长时间呆坐在沙发上,想这件事。许多支离破碎的情节凌乱地闪现。我突然想到,乔安说方默默失踪了。可是,在我的世界里,失踪的人不止方默默一个,还有另一个人,那就是秦源。

我一直认为秦源在我的世界里消失,是为了离开我,证据是他发来的那条短信“默默,对不起”。从那以后,他的 QQ 永远是离线状态,手机是关机状态。

而这个时候,我想到了另外一种可能。

虽然方默默的失踪和秦源的失踪看起来八竿子打不着,可是我竟然想到一起了。我不知道这是女人的直觉,还是冥冥中有一种力量在引导着我。

我开始心神不定起来,急于想知道答案,一刻都不能再等。

## 6

一个小时之后,我来到了青城市文学院。文学院里有一座楼,青城所有的杂志社几乎都汇集在这座楼里。秦源所在的《美尚》杂志社也在这里,四楼最后一个房间,我去过几次。

我敲开这扇门的意图很简单——看看秦源在不在。如果我亲眼看到他安然无恙地坐在角落里忙碌,那么,不管他理不理会我,哪怕根本就没有看到我,我也可以安心离去。

门开了,站在我面前的是一个衣着前卫的短发姑娘,化着很漂亮的妆容,问:“你找谁?”

我的声音微微颤抖:“我找秦源,请问他在吗?”

姑娘立刻摇头,露出异样的目光:“你是他什么人? 秦源早就不在这里了。”

我的心突然就往下沉,但是下面深不见底 ,使得我恐慌不已:“你知道他去哪儿了吗?”

我的话还没有说完,就听见门里有个声音说:“默默,是你吗?”然后,跑出来一个优雅柔美的长发姑娘,见到我就说,“默默,你也不知道秦源去哪儿了吗?”

我下沉的心终于见了底。谷底黑暗而冰冷。

长发姑娘是秦源的同事,知道我跟秦源的关系。所以,她见我来这里找秦源,便发现事情有多严重了,正如我发现事情有多严重一样。

我详细问了长发姑娘关于秦源的情况，惊讶地发现秦源开始旷工的那一天，正是他发来“默默，对不起”这条短信的第二天。而发短信的那天是周日，不上班。之后，杂志社的人便与秦源失去了联系。一周后，杂志社按照相应的纪律，单方面解除了和秦源的工作关系。我感叹杂志社的人没有将这件事按照失踪对待，没有报警，而是冷漠处理的同时，也想到自己不是也没有去查清楚真相吗？难道我和秦源之间的感情，真的就可以用一条短信结束吗？可是，我又觉得委屈，不管发生了什么，秦源为什么不告诉我，怎么可以只用一条短信就把我打发了？

我决定去秦源住的地方找他。我之所以没有先去他的住处而先到杂志社，是因为我实在是没有勇气面对那样的场面：门开了，出现在我眼前的是一个陌生且漂亮的姑娘，很亲密地靠在秦源身上，用警惕的眼神打量我……

秦源的住处离杂志社不是很远，我打了辆车，花了十几分钟就到了。我一口气爬到第六层，稍稍定了定神，按了门铃。

五分钟之后，在我确信不会有人给我开门之后，我从包里掏出一把钥匙。

这把钥匙是秦源给我配的，但我从来没有用过。如今它派上了用场。

门打开了，我走进去，在发现一切几乎没有变化，和我们在一起时差不多。唯一的变化就是地板和家具上蒙上了一层灰尘。

我呆呆地站在房间里。这个时候，我才明白——如果可以选择，我宁愿选择面对秦源和他的新欢一齐出现的场面，也不愿意面对这样的事实。

秦源真的出事了。我正在想秦源可能会出什么事的时候，门铃响了。

我打开门，看到了一张似曾相识的脸，想起来是秦源的房东。从房东处了解到，秦源大约就是在给我发了诀别的短信后就没有再回过这里的。房东联系不上秦源，该交房租了，正好看到我，想起来我是秦源的女朋友，所以赶紧找过来。

我编了个秦源家里有急事要处理的谎言，以秦源女朋友的身份替秦源交了两个月的房租，然后留下我的手机号码。我说我要在这里待一会儿，让房东先走了。

我想，我或许可以从秦源这里找到关于他失踪的蛛丝马迹。

虽然这么翻他的东西不是我所希望做的，但我别无选择。秦源是个有点儿轻微洁癖的男人，物品放得很有序，所以，我翻找起来很顺手。我没有找到他的手机，也没有看到类似信件、纸条的东西，更没有发现日记本。最后，我把注意力集中到了秦源的笔记本电脑上。

这款小巧的白色笔记本电脑我曾经用过，但没有乱翻过他的文件夹。

我开始大海捞针般在他的电脑里翻腾，找一些我无法预知的东西。

我没有放过任何一个文件夹，就算上面已经标明了内容。电脑里几乎没有一个多余的文件夹，没有一个不知所云的文件。系统文件、应用软件、游戏、电影、电子书……似乎并没有反常的情况。我甚至没有看到一般情况下年轻男人的电脑里应该有的那类片子。也许是因为秦源没有这个癖好，也许是因为秦源看过即删，也许是因为秦源用特殊方式隐藏了文件。

这样想的时候，我悲哀地发觉我根本没有了解过秦源。

我打开照片的文件夹，看到照片是按照时间顺序整理的，时间跨度虽然长达五年,但是并不算多。开始我以为秦源的照片不算多,后来发现,文件夹的时间是秦源依据导入电脑的日期整理的,因此文件夹虽然少,但每个文件夹里的照片非常多。我用缩略图的模式批量浏览着,大多都是风景照。秦源喜爱旅行,这不奇怪。而且照片里几乎没有秦源本人的照片,更没有我臆想出来的与美女的合影。

我突然想,也许秦源是去旅行了,或者在旅行的过程中遭遇到了意外。这样想的时候,我放弃了电脑,开始翻箱倒柜找他的宝贝相机。但无果,加上我并没有找到他的身份证、驾驶证等证件,因此,更证实了我刚才的猜想,秦源外出了。

我继续回来翻看他的照片。文件夹就要翻完了,当我的猜想就要确定的时候,我突然发现了一个很特别的文件夹。这个文件夹不是纯日期命名的,而是日期和英文混合着,所以混在正常的文件夹里。

一打开这个文件夹,我就立刻从白天跌入了黑夜。我的身体开始发冷,继而心生恐慌。只看了几张照片我就看不下去了。我的手指剧烈地抖动着,几乎无法操作鼠标。

这些照片全是在一些诊所里,护士给病人进行肌肉注射的场景。大部分照片画面模糊,光线昏暗,人物离镜头较远,一看就是偷拍的。

秦源怎么会有这种变态的爱好?我在恐惧之余,感到了恶心。

直到这时,我还是不愿意相信这是秦源本人偷拍的。也许他仅仅是喜欢收藏这些图片吧。这么想的时候,我把鼠标放到了照片的缩略图上,点击右键,选择属性,点击摘要,系统显示出来拍照的相机型号——果然就是秦源的相机型号。

我彻底绝望了。想到我曾经与他甜蜜缠绵的场景,我感到一阵后怕。原来我曾经和一个魔鬼相爱过!

我利用秦源的电脑做的最后一件事是看他的QQ登录信息。我点开小企鹅，然后点账号后面的黑色小三角，显示出这台电脑所登录过的QQ账号。

有两个。第一个是我熟悉的主账号，另外一个是陌生的，昵称“童年”。我开始尝试破译密码。

我凭借着和他的所谓的熟悉度，试着他可能会使用的密码。在试到第二十多个密码时，QQ终于不再报错，小企鹅摇摇晃晃地登上了！

我先登录的是秦源的主账号，见上面只有寥寥的几个人，基本上都是熟识的同学和朋友，而且，也没有特别的离线消息。

而当我用相同的密码隐身登录上另外一个账号时，QQ里的头像开始疯狂闪动，消息铺天盖地汹涌而来。

那些好友发来的信息让我目瞪口呆，他们的消息基本都是一个内容——问他为什么这么久都没有上线，还打不打算见面了。

这些人基本都是外地的，而且聊天记录都是一片空白，显然秦源平时很小心，每次聊天完毕都把聊天记录清空。

这些QQ好友中，只有一个男性，而且是本地人，昵称是“白色翅膀”。

白色翅膀——白羽，这个人一定就是白羽！原来秦源真的认识白羽！我点击了聊天记录，也是一片空白。白羽的状态是在线，我强忍住给他发消息的念头。我想，千万不能打草惊蛇。

关了电脑，离开秦源家时，我有种恍如隔世的感觉。我再度判断了秦源的下落，应该有两个可能。一是去见他的某个女网友了，这种可能还很大，他去之前给我发了那个诀别的短信。这么想的时候，我心里如同被一千把刀切割一般疼痛。我和秦源也是在网上认识的。所以，我也许就是那么多与他联系密切的女网友中的一个，最多也就是占了个近水楼台的便利，与秦源同城。

第二个可能就是，秦源的失踪跟白羽有关。证据之一是他们有着相同的“爱好”，证据之二是他们在QQ里有联系。

我犹豫着要不要告诉乔安。拿出手机，号码却没有拨出去。我忽然想，我凭什么相信乔安？我曾经那么相信秦源，那么爱他，可是结果呢？我心里又痛了，强忍着不哭出来。我把手机放回口袋，决定一个人把这件事查个水落石出。

## 7

天刚刚黑下去的时候，我穿了一件不引人注意的黑色外套，戴了一副大墨镜，用刘海遮住额头。我悄悄地潜入了白羽家的楼房，准备碰碰运气，看看能不能发现什么。

白羽家门的猫眼里透出了一丝光线，告诉我这个时候白羽在家。我把耳朵贴在门上，听里面的动静，不一会儿，就听到有人在说话。

是一男一女的声音，男的是白羽。我听不清楚他们在说什么，心里像长了草一般。这个时候，我突然很想像电影里的特工一样，在白羽家里装上窃听器，甚至是摄像头，这样就可以知道他在做什么了。嗯，一定要将窃听装置放在那间诡异的白室里……

我这么想着的时候，突然听到有脚步声传来。我浑身一激灵，赶紧缩回身体，像只小猫一样，一下就蹿上了高一层的楼梯。

我听见门打开，又关上，然后是高跟鞋的声音。我探出半个脑袋，见白羽家的门已经关好，于是，我装着从容不迫的样子下楼。我穿的是橡胶底的运动鞋，所以声音很轻，但楼道里的灯还亮着，我经过白羽家门口的时候，忽然觉得白羽此刻就躲在门后，目光从猫眼里穿出来，像一把冰冷的刀子刺进我的身体。

我走出楼道的时候，看到了那个姑娘的背影。她扎着马尾辫，穿白色上衣、黑色超短裙。

我一直跟在那个姑娘身后。出了小区，她没有坐车，而是一直步行。这正合我意，方便跟踪。虽然天色已晚，但她身上的白衣很显眼，一直没有逃脱我的视线。

我一直跟着，直到她钻进一间不引人注意的网吧。我犹豫了一下，装成找人的样子，推开网吧的门，在门口晃了一下又出去。我看到白衣姑娘已经找到位置坐下来。我看到了她的侧面，那是一张看起来非常年轻的脸，却化了很浓的妆，感觉苍白和怪异。

我在网吧门口等了一个小时，才看到白衣姑娘走出来。我活动了一下发麻的双腿，继续盯梢。这次只走了十分钟，她就拐进了一个大门。门口挂着某某大学的牌匾，原来她还是在校的学生。

我想都没想就跟着她走进校园。刚进校园，我就听到一个人喊了声“盛莲！”白衣姑娘一回头，和一个追上来的短发女生打了一个招呼，然后两个人一起往校园里走去。

我停住了脚步。不用再跟下去了，白衣姑娘的身份已经清楚，原来她就是盛莲。她最终还是没有经受住白羽的蛊惑，进了白室。

我出了学校，回到了盛莲刚刚去过的那家网吧。盛莲刚才坐的位置还空着。她只是将卡拔掉，主机没有关闭。我赶紧去前台办了一张上网卡，在那台机器前坐下来，插上卡，打开 IE 浏览器，发现历史记录都在，便开始查看盛莲刚才打开的网页。

一个是开心网，一个是网易邮箱，还有一个是新浪博客。

我感兴趣的是新浪博客。博主的名字是“莲儿”,博客的名字是“一朵莲的天荒地老”,博客的背景是一朵盛开的白莲花。

我的心脏兴奋地跳动着。这正是盛莲的博客,她刚刚更新了一篇博文,题目是“兴奋后的虚无”。

内容不多,只有短短的两段:

> 我信了他的话,以为连日来积累的痛苦和压力真的可以释放,最起码有所缓解,可是我错了。那间白色的房间,那间一尘不染的房间,却不是纯净的天堂,而是罪恶的地狱。
>
> 兴奋之后是虚无,漫无边际的虚无,让我觉得身体只剩下一具躯壳,而灵魂却在受着谴责和煎熬。我一遍又一遍地告诉自己,开始即是结束。

我仔细思索着这两段话,想象着那间白室里,刚刚上演过什么样的场景。白羽肯定达到了自己的目的,可是盛莲却没有感觉到快乐,相反是空虚和自责。我的心里浮起一丝欣慰,看来盛莲姑娘还有救。

我又翻看了盛莲以前写的博文,基本上是在诉说着两个主题:失恋了,很痛苦;面临毕业,压力大。

走出网吧时,我在想一个问题:白羽现在见过了盛莲,一定知道我是假冒的。我现在最明智的做法就是逃离这一切,越早越好,越远越好。

可是,渴望知道真相的感觉却越来越强烈。

8

我花了整整一周的时间蹲点,摸透了白羽日常活动的规律。这一周把我折腾得够戗，不过收获很大。白羽每天下午四点到六点都会雷打不动地去附近的一家网球馆打球，每次都是打到再也挥不动拍子了才作罢。于是，我把行动的时间定在了四点半到五点半之间。

我在网上买了一套价值不菲的开锁工具和开锁秘籍，进行了临时抱佛脚的研究。一天一夜之后，我便掌握了各式各样的开锁技巧。

第二天，我一直睡到下午三点。三点半的时候，我坐在白羽家小区对面的咖啡馆里，点了一杯咖啡慢慢地享用着。三点五十分，我看到白羽背着网球拍走出小区。四点二十分，我确信这个时候白羽正在网球场上挥汗如雨，于是，悄悄地走出咖啡馆，走进白羽家的楼。

虽然我知道白羽家这会儿没人，还是将耳朵贴在门上听了一会儿才放心。我戴上薄手套，从挎包里拿出开锁工具。门锁比我想象中难开一些，但总算搞定了，而且没有被人撞见。我套上鞋套，溜进去，关好门。房间里的陈设和我那天来时一样，冷色调的家装，没有多余的东西，没有灰尘。我走进卧室，在贴着壁纸的墙壁上找到暗门，然后轻轻一推就开了。我记得没错，这道门没锁，因此省了不少力气。

我刚刚将白室的门推开，就听到了一个异常的声音。我的身体僵住，全身的血液都停止了流动。然后，我听到了要命的钥匙捅进锁孔的声音。

糟了！白羽竟然回来了！

我懵了，忘记了白室是最危险的地方，想也没想就扑了进去。我刚把白室的门关好，就听见了轻微的，却是清晰的脚步声。

这个时候我才发现我竟然在最危险的地方。我惊慌失措地找着可以藏身的地方。窗帘——不行，白色的太透明，我穿着黑色的衣服；壁橱——我拉了一下，竟然是锁着的，这个时候我没有任何开锁的时间和能力;家具——桌子、椅子、凳子,都没有藏身之处;床——下面是实心的,无法钻进去,上面的被子太薄,不可能藏一个人……

我听见脚步声已经到了白室的门前,心中最后的侥幸——白羽回家后不会来白室,很快就会离开——破灭了。

我背靠墙壁站着,惊恐万分地看着白室的门,脑海里一片空白。

仿佛只是在眨眼之间,又仿佛过了一个世纪那么漫长,门终于开了。

走进来的人看到我的同时,我也看到了他。四目相对,都是惊骇万分。因为我有准备,所以我的情绪收敛得比他快。他的惊骇延续了好一会儿,他说:“默默,你怎么在这里?”

我说:“乔安,你吓死我了! 我还以为是白羽。”

乔安又问了一遍:“默默,你怎么在这里?”

我反问:“你怎么也在这里?”

乔安看了我一会儿才说:“你还是不愿意抽身而退。好吧,既然你的好奇心这么大,我也无权阻止你,你想做什么就做什么吧。”

我说:“我绝对不单单是好奇。我又发现了一些事情,证明这件事与我的男朋友,不,是前男朋友秦源有关系。”

乔安问:“你发现了什么?”

我说:“现在不是说话的时候,等出去再说。你是怎么进来的?”

乔安说:“大概和你是一样的。我说我怎么没有看见你进来,原来你换了装扮。这一身很不错,你穿什么都好看。”

乔安这么夸奖我的时候,眼睛里却是淡漠的。但不管怎么样,他的话让我很受用。我紧绷的神经松弛多了,吐了口气说:“咱们要抓紧时间了,他随时都可能回来。”

乔安“嗯”了一声，然后开始四处搜寻起来。我发现他也戴着手套和脚套，差点儿笑出来。乔安的表情却一丝不苟，不愿意放过任何一个细节。

乔安研究的重点是桌子的抽屉。

乔安说：“默默，你有没有闻到一股味道？”

我说：“是医院的味道吧？我对这个气味非常敏感。我小时候是个药罐子，医院的常客。”

乔安一边试图打开抽屉一边说：“我几乎没有得过病，有病也不看医生，自己就好了。白羽的职业是医生吗？”

我说：“不知道。我发现他从来不上班，但过得挺滋润的，也许是自由职业吧。”

乔安已经用他那套和我差不多的开锁工具打开了第一个抽屉。打开之后，医院的味道更浓了。我凑过去，见里面放了两个白瓷盘。乔安小心翼翼地把两个白瓷盘拿出来放在桌子上打开，一个白瓷盘里是棉签和酒精棉球，另一个白瓷盘里是注射器和针头。

乔安默默地看了一会儿，然后照原样放回。不一会儿，他打开了第二个抽屉。

是满满一抽屉的注射针剂。乔安一盒一盒地往外拿，发现大部分是 VC 注射液，还有一些注射水和生理盐水。

乔安把第二个抽屉按原样放回，然后打开最后一个抽屉。

他把抽屉打开之后，身体就僵住了。可是他蹲着，脊背将我的视线挡住了，我看不到里面是什么。过了片刻，乔安的身体开始颤抖，频率很快，是那种不由自主的抖动。这让我既恐惧又好奇，同时还很担心他。

乔安终于站了起来，手里拿着一串白色的链子。我有点儿不相信自己的眼睛，不明白乔安为什么对这条链子反应这么大。于是，我有点儿胆怯地朝抽屉里面看了一眼，发现竟然空空如也。

他说："这条手链是兰珣的。"

我吃了一惊："你确信？"

乔安把链子拿到我的眼前说："你看，这条链子是我找银匠定做的，本来是一对，每条链子上都有一条小鱼。兰珣的星座是双鱼座。"他用另一只手将那条小鱼捏起来："你看，小鱼的背面刻着两个字母，Q和L，是我和她名字的第一个字母。兰珣出事的那天，手上只剩下一条手链了，我一直找不到另外一条，原来在这里！"

乔安的脸色更阴沉了，像是随时会下一场雨。我安慰他说："链子在这里，只能证明兰珣的死极有可能和白羽有关，但不能证明兰珣来这里做过什么。"

我的话还没有说完，便看到乔安的眼泪大颗大颗地落下来。我的心莫名地一阵痉挛，说不清是难过还是感动。我第一次看到一个男人在我面前落泪。我知道，乔安真的很爱兰珣，就像我一直爱着秦源，所以才无法接受现实一样。

乔安用我递给他的面巾纸把眼泪擦干，将那条链子放回原处。然后，他站起来，走到壁橱前面。

我们现在的搜索对象仅仅剩下这个壁橱了。而且，我觉得这里面会大有文章。

"这上面有锁，而且，看起来很难打开。"我说。

"不是很难打开，是根本就打不开。"乔安说，"这是一把密码锁。"

我吃了一惊，见锁孔旁边真的有一个圆形物体，上面刻着数字。

乔安不甘心地摆弄了几下密码锁，然后叹了口气。我把耳朵贴在壁橱上，过了一会儿，我叫道："乔安，这里面有人！"

乔安吓了一跳，不相信我的话。我示意他也把耳朵贴上去。他照做，过了一会儿说："默默，你不必这么吓我的。这里面没有人，你也别自己吓自己。"

难道是我听错了？可是，我刚刚明明听到了呼吸声。

乔安说："这个壁橱这么严实，不透气，怎么可能有活人在里面呢？"

我想了想，也是。可能是我太紧张了，疑神疑鬼。

乔安说："默默，我们走吧，白羽随时有可能回来。"

我点点头，和他一起离开白羽家。

乔安说请我吃晚饭压惊，我拒绝了。然后他让我去他的书店坐会儿，喝杯茶也行。他的邀请既不热情也不冷淡，透着一股自然而然的劲头。我想起来，我有好久没有去那家书店了，于是就跟着他走。

路上，我把盛莲的事告诉了乔安。我问他的想法，可是乔安一直沉着脸不说话，于是我也沉默。

已是深秋，书店门前种着两棵法国梧桐，泛黄的树叶落了一地，乔安也不扫，任由它们铺成金黄色的地毯。我从上面走过去，感觉妙不可言。

我坐在书店里，喝一壶乔安给我泡的茉莉香片。窗户开着，风轻轻将窗帘掀起来，窗外有葡萄架，葡萄架上挂着几串风铃，不住地响着。

我想起了兰珣，这些一定都是那个蕙质兰心的姑娘的杰作。而乔安继续把这家书店经营下去，应该就是对他们的爱情最好的纪念。

喝完茶，我的心情好了许多。乔安一直在书架前忙碌着，还是不说话。偶尔有一两个顾客光临，天色就快黑下来了。

我忽然想起来有很久没有去看留言板了。我刚站起来，就有一个人在外面喊："送快递喽！"

乔安出去收快递的时候，我在看留言板。我发现我写的那张纸条没有了。难道是乔安撕掉了？还是白羽撕掉了？我这样想的时候，听见乔安发出了惊讶的叫声。

我回过头，看到乔安捧着一个盒子发呆，那个盒子一定是刚才送来的快递。乔安忽然说："默默，你快来看。"

我看到盒子上面的快递单上，收件人的名字是兰�。再看寄件人，我不由也是一声惊叫——罗菁菁！

死去的罗菁菁给死去的兰珣发了一个快递，这件事太不寻常了。

我和乔安手忙脚乱地把盒子打开，里面竟然是两盒茶叶。

乔安说："送快递的人说，由于他们一个员工的失职，所以延误了送件时间。你看，寄件的时间居然是一个月前！"

我说："这就对了，这是罗菁菁死前寄出来的。罗菁菁为什么要寄茶叶给兰珣？兰珣喜欢喝茶吗？"

乔安说："不是一般的喜欢。兰珣喜欢的事物很多，但最喜欢的是茶、花和音乐。但兰珣却几乎不养花，说担心把花给养死了，不过茶和音乐她是每天都会享受的。只是，兰珣走了之后，我就不再放音乐了。我受不了那种气氛，会让我觉得兰珣还在，让我想她想得发疯。"

我注意到，乔安一直淡漠的眼睛里，忽然浮出来一丝温情。我赫然明白，原来乔安一直试图用淡漠去掩饰内心的一切。这个时候我忽然很羡慕兰珣。

乔安说："罗菁菁能够送茶给兰珣，说明她们的交情不算浅。但为什么罗菁菁死的时候，兰珣并没有提到她跟罗菁菁熟识呢？只提到她和男朋友经常来买书。”

我说：“那么，你会不会认定兰�的死跟罗菁菁有关呢？或者说，跟白羽有关呢？”

乔安说：“即使不是这个包裹，我也认定兰�的死跟白羽有关。兰珣的手链在白羽那里……”

我心有不忍地说：“在没有真相大白之前，你不要胡思乱想……”

乔安却笑了：“我只是说兰珣的死跟白羽有关，其他的什么也没有说。我从来不会怀疑兰珣的人品。她不会去做那些龌龊的事，更不会背叛我……”

我觉得这个话题实在有些尴尬，于是赶紧岔开：“对了，白羽这段时间有没有来过书店？那张纸条是他撕掉的吗？”

乔安说：“白羽这些天没有来过，纸条是我撕掉的。写纸条的人太多了，我经常得把旧的撕下去。”

我说：“白羽不来书店，是不是证明他心虚呢？”

乔安没有回答我的话，而是看着包裹单说：“我想，这个包裹的意义还是很重大的，这上面有罗菁菁的详细住址。你想不想和我一起到那里看看？”

我想都没想就说：“好啊，我和你去。”

乔安说要等书店打烊再去比较好，我就用看书来消磨时间。可是我一页书也没有看进去，心里一直想着那些事情。后来，我想起了什么，用手机上网，网络收藏夹里有盛莲的博客，我每天都去看，但一直没有更新。

而这个时候，我发现盛莲的博客更新了，更新的时间正是下午我和乔安在白室的时间。

博文的标题是：比恐惧还恐惧。

博文的内容仍然只有两段：

我又去了。我真恨自己，为什么要任由他人摆布？可是，第一次的恐惧、空虚和羞耻之后，我竟然无端开始回味起那一次的场景来。他的确很帅、很温柔、很体贴，让我无法抗拒。

然而，又一次进入白室之后，我又后悔了，而且比第一次更后悔。这一次，疼痛没有让我恐惧，因为他很温柔。让我恐惧的是，我听见白室的壁橱里有人在笑！那是狞笑！我差点儿吓昏过去，可是他却说是因为药物的作用，我产生了幻觉。我不信，那只是 VC 注射水，只会让我的皮肤更美丽，怎么会产生幻觉呢？所以，我绝对不可以再去那里了，那是全世界最恐怖的地方！

我的手机险些就从手中落下来，掉到茶杯里。我激动地把手机塞到乔安手里，让他看这篇博文，嘴里不停地说着："我说的没错吧，壁橱里面有人！"

乔安看完博文，沉吟了片刻说："默默，你说，如果壁橱里面有人，那么会是谁呢？难道是——方默默？"

我说："很有可能！可惜盛莲的博文没有写清楚，甚至没有提到那个人是男是女！乔安，你说里面会不会是秦源？"

说完这句话，我打了个冷战，不敢再想下去。

乔安拍了拍我的肩膀说："咱们先别胡思乱想了。这会儿没有顾客了，我把店门关了，咱们先去罗菁菁的住处看看吧。"

## 9

我们按照地址找到了罗菁菁生前的住处。那是一间简陋的出租房,两室一厅,是罗菁菁与别人合租的。合租者是个和罗菁菁年纪差不多的姑娘,大大咧咧的,叫陈苓。听说我们是罗菁菁的朋友,她便很热情地请我们进去坐。

罗菁菁出事后,她在外地的父母来这里简单地收拾了一下罗菁菁的遗物就走了。她的那间房子还空着,陈苓一时还没有找到合适的合租者。

陈苓说,她和罗菁菁是大学同学,关系一直不错,她出事后自己很伤心。我和乔安对视一眼,觉得我们找对人了,便开始把话题引向罗菁菁和白羽的关系上面。

陈苓说:“菁菁上学的时候一直没有找男朋友,她的眼光很高。直到毕业之后,她才突然说自己找到了喜欢的人,就是白羽。我见过白羽几次,说实话,他的外表足够诱惑绝大多数的姑娘,但是,我总觉得白羽对她有点儿敷衍。像白羽那样的男人其实是很没有安全感的,虽然菁菁从来没有掌握比较靠谱的证据,但吃醋是三天两头的事。偏偏菁菁不算是个豁达的姑娘,对待白羽也缺少骨气,所以我觉得白羽抛弃她是早晚的事。只是没想到,菁菁那么痴情,会为了白羽连命也不要了。何必呢!男人长得帅有什么用?对女人好不好才是最重要的。”

我说:“你确定菁菁是自杀吗?她出事前有什么苗头吗?你们住在一起,你应该能感觉到的。”

陈苓说:“菁菁有抑郁症,我陪她看过医生。出事前的那两天,我看到菁菁总是一个人偷偷哭。我问她,她说是跟白羽吵架了,她怀疑白羽还和别的姑娘有瓜葛。所以,我虽然很难接受菁菁跳楼的事实,但是觉得她应该是自杀。还有,白羽是不可能杀菁菁的。他并不爱菁菁,怎么会做这样的事呢?再说,警察都调查过了,菁菁就是自杀。”

我突然觉得这个陈苓这些天一定憋了一肚子话,见到我们总算可以打开话匣子了。

乔安问:“罗菁菁有没有留下什么?”

陈苓说:“菁菁的台式电脑留给我了。菁菁的父母用不着这个东西,又不好带走。”

乔安说:“那能不能让我看看那台电脑?我怀疑罗菁菁并不是自杀,在找线索。”

陈苓瞪大了眼睛:“你们是警察吗?警察不是调查过了吗?”

乔安说:“我们不是警察,是罗菁菁的朋友。如果你相信我们,能把电脑让我们看看吗?”

陈苓想了想,点点头,把我们带到电脑前。

我一边看乔安摆弄电脑,一边听陈苓絮絮叨叨地讲着罗菁菁的事,但内容上毫无新意。

不一会儿,乔安好像发现了什么。我凑过去,见他打开了一个叫做“心情空间”的文件夹,里面是一些文档,每个文档名都是以诸如“日记某年某月某日”的形式命名。

陈苓不屑地说:“傻瓜都能看出来是日记,但是你能打开吗?都是设有密码的。”

陈苓这么说,已经表露了两个问题。一是她也曾经窥视过这些文件(究竟是在罗菁菁死亡之前还是之后就不好说了),二是她打不开,因为文件有密码。

我暗笑的时候，看到乔安不动声色地打开网页，百度出了一个 office 在线破解的玩意儿。看来乔安的水平并不在我之下，无论是偷入私宅还是当网络黑客。也许他还有更大的本事，看来我曾经打算跟他做搭档查真相的想法是很好的。不过大概也是因为乔安自认为有点儿能耐，因此并不屑于我这个女流之辈跟他凑热闹。

我看着他很快就将文档打开，心里有微微的失落。但我很快就被罗菁菁的日记吸引了。

老实说，看罗菁菁的日记，真的不是一件省力的事。只读了两大段，我就被她那逻辑混乱、病句连篇、不知所云的文字给弄得抓狂了。我开始奇怪，白羽怎么能够容忍这样的姑娘做自己的女朋友？

看了两篇之后，我总算适应了她的文风，可以从大段大段的文字里总结出来中心思想。其实，日记的篇幅并不多，只有六七篇而已，而且都是在短短的十几天里写的。看来，罗菁菁并没有写日记的习惯，平时可能根本就不写东西，所以才会写得那么混乱不堪。

第一篇日记的大意是，她发现白羽和某个姑娘做了一些见不得光的事情。但她没有提及那个姑娘的名字，也没有提是件什么事。她说："白羽能忍受的事我能忍，不能忍我忍了，忍了就忍了，但是白羽这种事情，偷情我也能忍，为什么是这种事情？不是瞎想出来的，是真的存在的时候，我还真的能忍吗？"

虽然措词和语法极为混乱，但是我梳理出来的意思是：罗菁菁宁愿忍受白羽跟别的姑娘上床，也不愿意看到白羽跟别的姑娘做那样的事情。那样的事情究竟是什么，我和乔安都心知肚明，只有陈苓一个人不得其解。

接下来的几篇日记，都是罗菁菁描写自己纠结的心情。其中有一篇日记里，我看出来她的意思是想跟白羽好好谈一谈，弄清楚他为什么要那样做。可是白羽根本不愿意跟她谈那些事。白羽只是说他爱罗菁菁，而且只爱罗菁菁，不会再爱别的姑娘。如果罗菁菁爱他，并且能够容忍他继续做那样的事情，那么他们还会继续做情侣，并且他会娶她。

但罗菁菁并不能够说服自己接受白羽的条件。于是，罗菁菁跟白羽提出了一个让人瞠目结舌的想法——她愿意代替那些姑娘，做白羽喜欢的事情，但是白羽必须跟那些姑娘完全断绝关系。

白羽的态度当然是拒绝了。于是，罗菁菁在表达了自己的失望、愤怒、伤心、压抑的心情之后，说自己第一，不会放弃白羽，因为爱他；第二，不会纵容白羽继续放纵自己，因为爱他。她会用实际行动去证明。

日记到这里完结，这是罗菁菁写的最后一篇日记，日期正是罗菁菁坠楼的前一天晚上。

真相呼之欲出，又更加扑朔迷离。看罗菁菁的最后一篇日记，包括之前的日记，只是在叙述自己混乱的心情，并没有透露出轻生的意图。

但又不能排除这个可能，那就是罗菁菁第二天又跟白羽谈判了，又是以失败告终。罗菁菁一时想不开，于是跳楼。我把这个可能跟乔安说了，乔安说，他很同意我的这个想法，自杀的人里面，其实很少有人是有预谋的，大部分人都是一时冲动寻的短见。

我问陈苓电脑里有没有罗菁菁的照片。陈苓说有，于是帮我们找了出来。

照片非常多，而且相当一部分是罗菁菁跟白羽的合影。让我吃惊的是，罗菁菁竟然属于那种“初看很惊艳，越看越耐看”的女生，不但人长得美，而且气质温柔典雅，装扮时尚得体。她站在英俊的白羽旁边，简直是一对璧人。我真的无法把这么美好的姑娘与那些混乱不堪的文字联系在一起。我宁愿认为，罗菁菁的文字之所以那么混乱，只是因为那些事情让她的心情混乱了。

我和乔安一起离开罗菁菁生前的住处时，乔安不由感叹了一句："自古红颜多薄命啊！"

我想，这句话不只是在感叹罗菁菁，也是在感叹兰琦。

我接话道："所以，做一个普通女人，有普通女人的好处。"我心里却在想，普通女人有啥好处？只能被男人甩，而且还是被那样龌龊的一个男人甩……

乔安听了我的话，看了我一眼，没说什么，也没有任何表情。

我低下头，用力踢了一下路上的石子。看来在乔安的眼里，我的确是一个普通的姑娘。

"默默，你那个男朋友有消息了吗？"乔安忽然问我。

真是哪壶不开提哪壶，我并不想告诉他，秦源跟白羽其实是一类货色。我只是说："没有。"

之后，乔安没有再说什么，我也没有。乔安一直把我送回家。而我，也没有表示推辞或者感谢，我总觉得，两个人之间，一说这些话就很见外。

我只是在分手的时候问："乔安，我能经常去你那里喝茶吗？"

乔安说："好啊，欢迎欢迎。"

我很郁闷地上楼了。没有哪句话比这句话更见外了。

## 10

我是第三天晚上去的书店。我一到书店，乔安就用眼神示意我：有话要说。

我仍然坐在那个靠窗的位置,喝乔安给我泡的茉莉香片。深秋的夜晚,我闻着这种茶叶独有的春天的气息,看着乔安忙完自己的事情,然后拿着一个本子向我走过来。

他坐到我的对面,把本子摆在我的面前。他穿着竖条纹的棉布衬衣,深灰色厚风衣,脖子上围着一条蓝色的蟠桃花针法的棉线围巾。

我的视线没有落在本子上,却看着他。他的头发像是有一段日子没理了,刘海有点儿长,更衬出眼神的清澈。他的鼻子很有型,鼻梁硬朗,鼻头柔和。他的嘴唇中间厚两边薄,线条优美。他的脸形很像圣斗士紫龙……

“默默!”乔安说话了,“看本子,这是我这两天搜集来的资料。”

我回过神来,脸一红,把头使劲儿往下低,像个近视眼一样看本子。

我一边看,一边听乔安讲解。

“白羽的情况,从行为来分析,应该属于心理异常。他给年轻姑娘进行肌肉注射,应该是施虐行为的一种。他给对方制造的痛苦会给他自己带来极大的快乐和满足。分析原因,他可能在生活中遭受到挫折和欺凌,或遭受过异性的拒绝和侮辱,因而形成报复和反抗心理。也有可能出于自卑感的补偿作用,即由于自己存在某些缺陷或家庭不美满,借对异性采取暴行,表现出男性的优越感。”

我提出了异议:“像白羽这么帅的男人,靠外表就足够吸引各式各样的姑娘,怎么可能会自卑?怎么可能还要通过这种方式得到满足?”

乔安说:“我通过那个当警察的朋友,对白羽进行了一些调查。有两件事情很重要,一件是白羽三岁的时候,他的父母就离婚了,并且谁都没有要他,他跟爷爷奶奶生活在一起。在白羽十五岁的时候,爷爷奶奶在一年内相继去世。这些都给白羽的精神造成了很大的伤害,这可能就是原因。当然，这是我们已知的，肯定还有一些事情是我们无法想象的。心理学认为，人在童年中的经历对他的一生至关重要。”

我点头：“看起来很靠谱。怪不得白羽的眼神里有一种同龄男人没有的东西，看起来桀骜不驯，其实是为了掩饰内心的脆弱。”

乔安说：“是啊，一个人的表象和内心总是会存在巨大的反差。”

我看着乔安，心里在想，他这样好看的、温和的外表下面，是怎样的内心世界呢？

乔安见我不说话，继续说：“第二个重要的事情是，白羽毕业于护士学校，曾经做过几年男护士。”

我吃了一惊：“真的？那为什么后来不做了？他是做了男护士之后才有这个癖好呢，还是因为这个癖好而去做男护士呢？”

乔安摇头：“这个就不得而知了。不过，一个男人去学护士专业倒是不常见的事情。”

我说：“真的很奇怪。这个世界没有真正美好的东西，如果有，也只是看上去很美而已。”

说这话时，我也想到了秦源。经过几天的内心挣扎，我已经彻底决定和那段有关秦源的往事决裂了。我甚至庆幸我们认识的时间还不长，我还有足够的时间自拔。

乔安说：“我们接着说那些姑娘。从我们了解的信息来看，那些姑娘并不是受白羽的胁迫，她们是自愿的。”

我说：“我认同。虽然里面有白羽诱惑的成分，但是白羽尊重她们的意愿。那一次，我冒充盛莲去白羽家时落荒而逃，但是白羽并没有阻拦我，否则我根本跑不出去。”

乔安说：“是的。人体在遭受适当的疼痛时，脑内会分泌出一种物质,叫做‘脑吗啡’,脑吗啡会使人体产生快感并且上瘾。所以,这就是那些姑娘的行为最根本的缘由。你知道吗?其实,中医的针灸,在某种程度上也有这种作用。”

我听得目瞪口呆。

乔安说:“据盛莲博客上讲,白羽在白室里面是个很温柔、很体贴的男人,而且外表英俊,因此,那会是一个让人不可自拔的深潭。”

乔安这样讲的时候,我不由得心神荡漾起来。但我马上强迫自己放弃这个念头,我暗暗对自己说:林默默,你不能这样,你和她们是不同的……

乔安忽然说:“对了,默默,你这两天怎么没来书店?你在做什么?”

我一呆,忽然想起前天晚上乔安说的那句“好啊,欢迎欢迎”。我曾经一度非常介意这句话,但是现在忽然觉得,乔安说“欢迎”的时候,内心是真实的,态度是真诚的。

我的心底泛起丝丝缕缕的甜蜜。我问:“你猜猜我做了什么事情?”

乔安略微想了想,问:“你是不是在研究密码锁?”

我惊叫:“天啊,你怎么知道?!难道你在偷窥我?”我说完,才觉得这句话稍有不妥,有些尴尬。

乔安说:“我没有偷窥,我猜到是因为……”

我抢过话:“因为你也在研究密码锁,是不是?”

乔安吐出一口气:“小丫头,你总算聪明一回。”

乔安没有叫我默默,而是叫我小丫头,让我暗自开怀。这两天,我除了决定与往事决裂,除了研究密码锁之外,还发现了一件事:我喜欢上了一个男人,这个男人就是乔安。

我笑:“那请问你的研究成果如何呢?”

乔安微微一笑:“我的成果你可以现场验证。你呢?”

我总算看到乔安笑了。他笑起来的时候,我发现他的目光竟然温暖起来。可是,这温暖很快就收回了。乔安一本正经地说:“明天下午四点,如何?”

我同意,然后发现时间不早了,于是决定回家。让我有点儿失落的是乔安没有送我。他说:“时间不算太晚,你住得也近,自己回去吧。我想在这里再待一会儿。”

我心情低落地出门,越走越黯然神伤。我想,在乔安的心里,肯定还是只有兰琦,他是不会喜欢上我的。不过我又想到,兰琦才离世没多久,乔安如果这么快就把她忘记,甚至移情别恋,那该是个多么薄情寡义的男人呀!

想到这里,我又觉得欣慰了。而且,我现在虽然喜欢乔安,但并不打算再进行一场恋爱。恋爱太辛苦,太伤神,太受折磨,让我暗恋着他就足够了。

## 11

我心情轻松地走到楼下,刚刚准备进楼,便看见黑暗中蹿出来一个黑影。我还来不及作出任何反应,那个黑影已经扑上来,一只手卡住我的喉咙,另一只手捂住我的嘴巴。然后,他用尽所有的力量,在极短的时间里就把我拽入了黑暗中。

这个时候我才感觉到极度的害怕。这个人想做什么?是杀人?是劫财?是劫色?这样想的时候,我不由得全身瘫软,大脑一片空白。

当我的意识稍微清晰的时候,感觉到一把刀架在了脖子上。“乖乖跟我走,不然杀了你!”耳边有一个声音说。这声音很熟悉,是白羽!

我除了乖乖跟他走，别无选择。我感觉到脖子很疼，有血流出来。我想说，你伤到我了，可是我的嘴被他的手堵住，根本说不出话来。当白羽终于停下来的时候，灯亮了，我被白羽带到了他的家里。

白羽把门关好，然后把刀子扔到地板上。刀子在大理石地砖上弹起来一下。我看了一眼，见上面竟然是干净的，一点儿血迹也没有。

我微微舒了口气，可能是我太紧张了，才会出现错觉。

白羽一把将我推到墙壁上，用胳膊肘顶着我的肩膀。他手里没有刀，我便敢反抗了。可是我的手刚刚抓住他的发梢，他便一甩头，然后胳膊肘一用力，我的胳膊感到一阵强烈的酸麻，垂了下来。

白羽抓住时机，把我的两只胳膊扭到背后，然后把我的身体反过来，正面贴着墙，将我的手捆起来。他捆我手的时候，我顾不得胳膊的疼痛，用脚使劲儿去踹白羽。可是，被白羽踢了两脚就坐在了地上。

白羽往我的嘴巴上贴胶布的时候，我的眼泪刷刷地往下掉。一是疼，二是害怕，三是委屈。从小到大，还没有人这样粗暴地对待过我。

白羽看到我的表情，微微愣了一下，眼睛里竟然透出了一点儿柔情。他说："我也不想这样对你的，可是你为什么要假装成盛莲骗我？你叫林默默对吧？你偷着进过这里是不是？你都知道些什么？"

我说不出话，只是瞪着他，眼泪还在流。

他说："你哭也没用。不过你放心，我不会杀死你的。我带你到一个好地方，你一定喜欢的。"

他走在我后面，用手推着我向前走。尽管腿很疼，但是我不敢再反抗了。他说不会杀死我，而且他的表情也告诉我他不会杀死我。但是，他要做什么？他在把我推向白室……

白室还是那样白，一点儿也没有变。本来按计划，明天下午四点，我和乔安会出现在这里。但是计划赶不上变化，我提前来了，而且，看起来还要爽约。

白羽将白室的门关好，然后看了看我。他看我的眼神令我毛骨悚然。然后，他的目光落向那个壁橱。

他放下我，走到壁橱跟前，开始拧密码锁。

在预想中，本来应该是明天下午，乔安和我比赛拧这把锁的。现在看来，比赛取消了。

白羽很熟练地把密码锁拧开了，然后，他把壁橱的门打开。

壁橱的门是推拉式的，所以，现在壁橱的一半已经展现在我们面前。

我看到一个人在里面，可是因为里面很黑，我看不清楚那个人的模样。

白羽说："去吧，我知道你一直在找他。"

我的全身一颤，然后，以我自己都觉得不可思议的速度扑向壁橱。因为我的胳膊被捆着，速度太快，身体失去了平衡，倒在壁橱前面的地板上。

可是我已经看清楚了，里面的人正是秦源。

尽管我有过这种猜测，但当我真的看到秦源在里面的时候，还是觉得整个世界像是颠倒了。

壁橱里的空间很大，秦源坐在一张椅子上，身体绑成了一个粽子，脸上也贴着胶布。他的一双眼睛瞪得大大的，一眨也不眨地看着我。

他的脸色苍白，头发长得像个女人。四目相对，千般疑问，万般迷惑，然而苦于不能说话。

白羽走进壁橱，把椅子往里挪了挪，然后又在里面扯过一把椅子，把我放在上面，像捆秦源一般把我捆在椅子上。

白羽捆完之后，还觉得不满意，把我和秦源的椅子摆了又摆，然后才作罢。他说："你们这样挺好的，在一起不会孤单。默默，你放心，我会很好地照顾你的。夜里，我会让你很舒服地躺着睡觉，白天坐着，然后会让你吃几次东西，上几次厕所。我这会儿还有些事，所以一会儿再来。"白羽说着，打开壁橱里的一盏壁灯，壁橱里瞬间亮堂堂的，有点儿刺眼。秦源的脸显得更白了。

"秦源，你应该感谢默默，让你不再独处黑暗里。"白羽说完便将壁橱门关上，一切平静下来。

我和秦源就那样坐着，互相看着。我脸上的眼泪还没有干，不知道自己会是啥模样。秦源最初的震惊已经平复，这个时候，眼神里是关切和焦灼。这本应该会是令我心动的眼神，可是此刻，我竟然一点儿也不为所动。

相反，我看着秦源，从内心深处感到厌恶。不管他为什么被白羽捆在这里，他是不是无辜，但是他电脑里的那些照片是我这辈子看到的最丑恶的东西。我想，我不会再原谅他，更不会再去爱他。

秦源显然读懂了我的情绪。毕竟是曾经相爱过的情侣，我的心思逃不过他的眼睛。秦源的头偏向了一边，不再看我。他一定知道我知道了。他无法面对我，无法面对我们曾经有过的感情。

我的注意力离开秦源，瞥向别处。在这个壁橱里，除了我们和两把椅子之外，没有其他东西。但是我注意到，秦源后面挂着一个白色的帘子，帘子后面还有一些空间。

不知道那里面是什么？为什么还要用白布隔开？

我用喉咙发出了一点儿声音，吸引来秦源的目光。然后，我用眼神示意秦源，问他后面是什么东西。

秦源的脸突然就变青了，目光里全是惊恐。他摇了摇头。

他是不知道，还是不说？我不明白。我又示意了他一次，但他不再理我，把眼睛闭上了。

我们不再有任何交流。我一直在想怎么出去，直到白羽再次出现。

他真的让我们躺着睡觉了。在睡觉之前，他还让我们分别去了一次洗手间。他在白室里打了地铺，让我们躺上去，然后用棉被裹起来，再缠上绳子，真的包成了粽子。成为粽子的我躺在那里，浑身一动也不能动。

第二天天不亮，白羽便叫我们起床了。吃早餐的时候，白羽一直把刀架在我的脖子上。他说，只要我们试图呼叫便会杀死我们。于是我乖乖地吃饭，又乖乖地被白羽重新绑在壁橱的椅子上。

白羽走后，我向秦源点点头，意思是，我们可以出去的。

秦源却对我摇了摇头。我不知道他是不明白我的意思，还是想说，我们出不去的。

## 12

我在等待四点钟。

只是，我不确定，如果乔安没有联络上我，会不会自己来打开密码壁橱。不过，我对乔安能够打开密码锁有十足的把握。并不是因为我对乔安的技术有信心，而是昨天白羽开锁的时候，我记住了密码。

如果乔安打不开密码锁，那么我可以提醒他。我不能说话，但是我可以用脚踢壁橱的地板，给他发暗号。

时间很难熬，特别是在没有钟表的情况下。我的手机早就被白羽拿走了，我不知道白羽会不会把手机关机。我担心的是，如果白羽没有关机，乔安又联系我，那就麻烦了。打电话应该还好，如果发短信就糟糕了。

在我焦躁不安的时候，秦源却显得很安静，也许他适应了这里的环境。他被关了多少天？难道从他失踪的那天起就被关进来了吗？我曾经来过这里两次，秦源肯定听到了，他会怎么想？我不由得朝秦源看过去，却见他闭目养神，犹如老僧入定。但在我看来，他就是一副死猪不怕开水烫的架势。

仿佛过了几个世纪那么久，我终于听见了动静。但是，我并不确定这声音是白羽的还是乔安的。直到壁橱外传来开密码锁的声音时，我的心脏突然在胸腔里横冲直撞起来——是乔安！白羽不是这么开锁的。

乔安用了很长时间才把锁打开——也许时间并不长，只有三五分钟，但在我看来很长。就在我以为乔安打不开锁了，准备敲暗号的时候，锁开了。

壁橱的门开了，我看见乔安的脸出现在眼前。这一刻，我的眼泪又开始奔涌。乔安呆呆地看着我，想说话，却没有说出来。然后，他的脸上露出了释然的表情，释然里，还有关心。

这是我看到乔安第二个温暖的眼神。乔安肯定一直在找我，他很担心我出事了。现在，他按我们的计划来这里打开密码锁，看到我，总算放下心来。

乔安是关心我的，这让我的眼泪流得更欢了。

“默默，别哭，我带你走。”乔安说完这句话，才看到里面还有一个人。他先是被吓了一跳，紧接着向我投来疑问的目光。

秦源早就看到了乔安，而且明白他是来救我们的。所以，秦源的目光激动起来，与之前的他判若两人。

乔安刚刚把我嘴巴上的胶布扯掉，我就突然喊起来："乔安！小心！"

我的话音还没有落，乔安便从我眼前消失了——我低下头，看他已经倒在了地上。白羽的脸出现在我的眼前，那张脸从来都没有像此刻这样邪恶。

"哈哈哈！"他笑起来，"你觉得他们两个人在一起还不够，也来凑热闹吗？好吧，我满足你的愿望，把你们三个人关起来，让你们——三角恋，哈哈哈！"

我的汗毛全都竖了起来，觉得宁静的白室有阵阵寒气掠过。

白羽是用网球拍把乔安击昏的。他把昏过去的乔安按照我和秦源的方式绑起来。

白羽在我嘴巴上重新贴上胶布。我在此之前竟然没说话，因为乔安昏迷着，我说什么他都听不到。而我跟秦源已经无话可说，对白羽则是忍着不说。我现在只能顺着他，不能惹他。他的精神已经不正常了，所以什么事情都可能做出来。

白羽把乔安塞进了壁橱——的确是塞，因为壁橱已经放不下第三把椅子了，所以乔安只能背靠墙壁坐在里面。

白羽关上壁橱之前说："你们不要怕无聊，待会儿这里会有一场精彩的演出。林默默，你曾经假扮的那个女主角马上就要出场了，你是不是很期待？"

这个时候我才发现，此刻的壁橱门跟刚才是不一样的，门上面竟然有一大块玻璃！

我看了一眼秦源，发现他正瞪大眼睛看着玻璃外面的白室。

我忽然全明白了——这个壁橱门是双层的，外面那层装着一块特殊的玻璃,外面看不到里面,里面却可以看到外面。

原来,每次白羽和那些姑娘在白室时,秦源都是能看到的。包括我冒充盛莲那次,以及我和乔安来白室找线索那次!

我顿时觉得脊背发凉,倒吸一口凉气。

我忽然想,秦源是不是很喜欢待在这里呢?

十五分钟后,白羽又出现在白室里,还有盛莲。

盛莲今天和白羽一样,也穿了一身纯白色。他们就像两个幽灵一样出没在白室里。

让我觉得非常诡异的是,盛莲一进白室,便向壁橱看了一眼。那一眼里,分明写着恐惧和不安。

对,她知道这个壁橱里有人。不过,她不知道是谁。

她不是说不再来了吗?怎么还是来了?

我想起乔安给我看的资料。被针刺的疼痛会让人体分泌出脑吗啡,令人上瘾。盛莲应该是上瘾了吧。

白羽问:“今天还是注射VC吗?你有没有觉得皮肤变好了?”

盛莲说:“好一点吧。哦,白羽,你能不能先给我倒一杯水喝?”

白羽说:“当然可以,你等着。”

白羽出去了,接下来我便听到一阵极其混乱的声音。外面一定发生了什么事!我紧张起来。我看见盛莲一步一步往后退,一直退到了壁橱跟前。她的身体挡住了壁橱的玻璃。

过了几分钟,我听见一个陌生男人的声音:“姑娘,白羽已经被我们制伏了。你说的壁橱在哪里?我们要检查一下。”

盛莲的身体闪开了。我看到两个警察出现在壁橱外。

我听见我的心里疯狂地欢呼了一下。

原来盛莲这次来是带了警察的。我错怪了她，她救了我们。

警察动用了电锯切开壁橱。当盛莲看见里面居然有三个人时，吓得哇哇大叫起来，然后被一个警察拉到外面的房间。之后，我还能听见她的哭声。

我和秦源终于被解救出壁橱，乔安也被警察从昏迷中唤醒。当我觉得一切就要尘埃落定的时候，却听见秦源开口了："警察大哥，壁橱里面还有人。"

秦源一开口便语出惊人。我想起了壁橱里面的白布帘，想起秦源曾经跟我示意那后面有玄机，并且，秦源对那里表现得很恐惧……

一个警察钻进壁橱，然后发出一声惊呼。片刻，警察出来了，脸色灰白。

我的好奇心在膨胀，终于按捺不住，将头探进壁橱。

我看到白布帘已经被扯掉。白布帘后面也摆着一把椅子。椅子上坐着一个人，哦，是坐着一个女人。不，是坐着一个女的死人。

更准确地说，是一具干尸。黄褐色的早已被药水处理过的尸体。尸体上还穿着一件衣服，是一条白裙子。尸体的脸上竟然还有表情，在看着我笑……

我声嘶力竭地喊了一声，然后，一切都消失了。

## 13

我再次睁开眼睛的时候，看到的是乔安的脸。

乔安那张干净的脸在瞬间变成了黄褐色，干枯而且狰狞。我又是大叫一声，眼前天旋地转。

"默默！默默！"乔安在叫我。

我不敢睁开眼，可是我闭着眼，黑暗中还是浮现出了那具干尸的面孔。我大汗淋漓，浑身打战。

我在浑浑噩噩之中不知道过了多久，才渐渐好转起来。乔安一直陪在我身边，给我放安神的曲子。我终于完全清醒了过来。我问："乔安，那具尸体是谁的？"

乔安的头发有点儿乱，满脸的胡楂儿，只有眼神依然清澈。他说："是方默默。"

意料之中，只是我还是不能接受。因为名字相同，我觉得方默默跟我很亲近。

我的身体没有大碍，所以很快就离开了医院。在离开医院之前，我接受了警方的讯问。我隐瞒了几件不算光明磊落的事情，比如私自拿走白羽的手机，冒充盛莲与白羽见面，偷偷潜入白羽家里，看秦源的电脑。除此之外，我讲述了我的所知所见。尽管因为我的隐瞒，警察觉得我讲的东西不合章法，但因为他们知道我受了刺激，也没有对我过分苛求，建议我先回家休息，然后再配合他们的调查。

乔安送我回家。分手的时候，他犹豫再三，还是从口袋里掏出了一封信交给我。他说："这是秦源偷偷托我交给你的。我觉得还是给你为好。你放心，我没有拆开。"

我上了楼，喝了一杯水，坐在桌前发呆了很久，还是慢慢地将信封拆开。

尽管我已经十分厌恶和排斥秦源，但是我还是忍不住好奇。

我很想知道，秦源究竟要跟我说什么。

默默，首先我还是要跟你说：对不起。

我很爱你，曾经决心和你生活在一起，一辈子。可是我没有想到，一个意外竟然使我们的缘分戛然而止。

尽管我现在并不能肯定，你是否知道我所做的一切，但是事到如今，我不想再对你有任何隐瞒。况且，在白羽家的时候，我已经从你的眼神中看出来你已不再爱我，甚至不愿意再看到我。

每个人的内心深处，都会有一处阳光照不到的黑暗。我曾经小心翼翼地把我心里的黑暗上锁，不愿意让身边的人知晓，特别是你，默默。你要知道，除了这一块黑暗，我可以对你毫无保留。

黑暗的源头是童年。小时候，我体弱多病，是医院的常客。我曾经对那里很恐惧，害怕穿白大褂的护士，因为她们总是会给我打针。我害怕闻见酒精棉球的气味，害怕看见透明的装了药液的玻璃针筒，以及又长又尖的闪着金属光泽的针头。可是有一次，我生病了两天之后，本来打算继续带我去打针的妈妈，发现我的体温已经正常了，就没有带我去医院。就是那一次，我突然感到焦躁不安。我发现，我竟然因为不能去医院而感到少了些什么。那个时候，我竟然渴望闻到酒精棉球的气味，渴望看到针头，渴望体验到疼痛。因为那会带给我兴奋和欢乐。从那之后，我就有了一种隐秘的爱好。我常常去医院和诊所的注射室偷窥，尽管我知道这不正常，可是我欲罢不能。

再后来，读书和工作使我淡忘了这些事情，直到我在网上看到白羽发的征求“同好”的帖子。我认识了很多“同好”，开始，我仅限于在网上和他们聊天，并不敢在现实中与他们接触。可是后来，我禁不住白羽的诱惑，去了他的白室。

如果我那天不是好奇，非得要趁白羽午睡的时候打开他那间神秘的壁橱，看到了那具干尸，我还是会继续做一个两面人。那天我看到干尸之后，被白羽发觉，我便失去自由了。他将我关在壁橱里，终日与干尸为伴，唯一的好处便是可以偷窥那些去白羽家里的姑娘。

在我知道自己即将失去自由的时候，我哀求白羽让我给你发一条短信。白羽看着我给你发的“默默，对不起”说，那具干尸也叫默默。他说，他不是故意害死那个默默的。那一次，他买的注射药水有问题，发生了过敏，那个姑娘很快就死了……

白羽并不想杀人，但他又不愿意让别人知道这件事，所以，他不允许我再出来。可是，事情一直在朝无法预知的方向发展。第二个发现这件事的人是白羽的女朋友罗菁菁，她一时无法接受事实，从楼上飞身跳了下去。第三个发现这件事的人是兰琦，罗菁菁出事之前，曾经给她发了一条含糊不清的短信，所以，兰琦对罗菁菁的死产生了怀疑，接触白羽，暗中调查，也打开了壁橱。但是这个姑娘心脏不好，她看到那具干尸便被活活吓死了。那天夜里，白羽偷偷地把她的尸体放回了书店……

之后，让我无论如何也想不到的是，默默，你竟然也出现了。还好，事情的结局还算差强人意。只是这些事情的前因后果你不一定知道，所以，我讲给你听。

我在接受完警方的调查之后，就会走得远远的。我不会再见你，我知道，我心里的黑暗一旦在你面前暴露，我便会失去我们的爱情，因为你是一个多么阳光，多么美好的姑娘。所以，我会选择躲进我的黑暗深处，永远不再去见阳光。

默默，对不起。

整整两天，我宅在家里，反反复复地看这封信。让我感到奇怪的是，两天之后，我对秦源的厌恶和排斥完全消失了，取而代之的是理解和同情。我开始明白，即使如秦源这样阳光的男人，心里也会有一处阳光不能照射的地方。我们每个人都会是这样，包括我自己，区别只是程度问题。

我决定找到秦源，并且带他走出黑暗。我跑到书店找乔安，问他知不知道秦源的下落。乔安摇摇头，眼里全是疑惑。

我把秦源的信给乔安看了。我这么做，并不是将秦源的隐私暴露给乔安，相反，我是想打消乔安对秦源的猜疑，让他也和我一样理解秦源。

乔安看完信，又看了看我，问："你还爱秦源吗？你打算找到秦源，跟他重新开始吗？"这个时候，不知道为什么，我觉得乔安说话的语气怪怪的。

我一边喝着乔安给我泡的茉莉香片，一边说："不，我已经不爱他了，也不打算和他在一起。我只是觉得他不应该就此沉沦。我打算找到他，如果我的能力不足以让他恢复正常，那么我可以给他找心理医生，让他能过上正常人的生活。"

乔安似有所悟，点点头说："这件事的当事人之一，盛莲，已经在警察的帮助下开始进行心理治疗了。她陷得还不深，希望她可以走出来。好了，默默，我会帮你找到秦源的，至少，警察可以找到他。白羽的事情还没有结束，秦源不可能一走了之。"

我说："兰琦的事情已经真相大白了，你……能够想得开吗？"

乔安说："默默，你能不能不跟我谈她的事？"

我把已经喝干的，却留着茉莉余香的玻璃杯子放下来，说了声"对不起"，然后离开了书店。

夜风吹着我的头发，我忽然觉得我很自私。我可以跟乔安谈论秦源，因为我已经不爱秦源了，但是我却不能跟乔安谈论兰珣。兰珣是无辜的，乔安一直爱她并且怀念着她。况且，乔安是男人，男人总是会把自己的心事藏在心里，谁也不说，连相爱的姑娘都可能不说，又何况我？

接下来的几天，我没日没夜地在房间里画插图。我希望可以用工作令自己不再想那些纷乱的事情。

第五天，我发现冰箱里只有空气了，才不得不下楼去采购食物。经过书店的时候，我条件反射地扭头看了一眼，却在瞬间被霹雳击穿。

我看到书店已经没有了，门面拆了，两间房子的墙和地板都拆了，几个工人在里面叮叮当当地干活。我还是不敢相信书店就此不存在了，我想，或许是乔安想重新装修一下吧。可是，装修师傅的话浇灭了我的幻想，他说店面易主了，现在正在装修成一家蛋糕店。

我手忙脚乱地翻手机，想给乔安打电话，问他为什么不开书店了，却发现他的手机已经停机了。我狼狈地站在街口，忘记了自己本来要做什么。这一刻，我像是被全世界抛弃了。

## 14

半年之后，一个刮着七级大风的春日，我接到了一个电话，是秦源打来的。

他的第一句话便是："默默，谢谢你。"

我有点儿语塞，不知道该说什么，只是奇怪地问："你谢我什么？我找过你，想为你做点儿什么，可是我找不到你。"

秦源说："可是有人替你做了。"

我呆了几秒钟，突然激动起来："乔安？他找你了？"

秦源说："是的，乔安找到了我，他告诉我，你不但不恨我，相反，还打算帮助我。我本来已经打算自暴自弃了,但他的话及时在悬崖边拉住了我。他劝解我,并且陪我去看了心理医生。默默,心理治疗很痛苦,可是很有用,我现在已经是正常人了!”

秦源的声音有点儿激动。我也激动起来:“秦源,你这样我真的很高兴。我能见到你吗?”

秦源沉默了片刻,说:“默默,有些缘分,一旦断了就再也无法续接了。我今天之所以给你打电话,就是因为我不想再见到你了。默默,我希望你能过得好,真的。”

我突然感觉很难受。那是一种空荡荡的感觉,空得让我发慌,空得令我绝望。

这时,我突然想到了什么:“乔安呢?他现在怎么样了?他的书店没有了。”

秦源的声音突然变得有点儿怪异:“默默,你可以找到他的。在你原来的住处附近,新开了一家书店,你去看看吧。”

秦源说完就挂了电话。

我呆了几秒钟,突然醒过神来。我扯过外套,冒着七级大风,疯狂地奔跑在大街上。耳边呼啸着风声,听起来像是谁在唱歌。

青石板的小路满是牵牛花和葡萄藤,葡萄藤上挂着小小的红色灯笼。花团锦簇的门前,写着四个字:浮想书屋。

我闯进去,暖风扑面而来,我听见了水木年华的歌:“轻轻飞舞吧,轻轻飞舞吧,忧伤随着歌声在飞扬,我忍不住想把思念对她讲……”

在飘着墨香的书架前,乔安拿着一本书,看到我,眼睛就再也没有从我身上移开。

我知道我非常狼狈,被七级大风折腾得没有了一点人样,披肩长发成了爆炸头，满脸满身都是尘土。

可是，我分明看到乔安原本冷漠的眼神里，渐渐有了温度。

“你……什么时候……把书店搬到了这里？”我问。

“有一段时间了，我想叫你来，却又害怕唐突。”乔安说，“还想喝茉莉香片吗？”

我拼命点点头。再也没有一个季节，比春天更适合喝这种茶了。

茉莉香片还是老滋味，可是书店已经不是原来那个书店的样子：几张矮脚的桌子，五颜六色的桌布，一圈泛黄的木架，古旧的藤椅。大概是天气的原因，书店里没有客人，只有乔安和我。

我忍不住赞叹：“世间原来还有这么美好的地方！”

乔安浅笑：“你不是说过，这个世界没有真正美好的事物吗？如果有，也只是看起来很美而已。”

我说：“我要纠正我的话。真正美好的事物，不是没有，而是很少。所以真正美好的事物还是有的。”

乔安的笑意更深：“比如，我这个书店，不但看上去很美好，实际也是很美好的。”

我突然问：“乔安，我还能经常来你这里喝茶吗？”

我问了之后便立即后悔了，因为我想起来许多天之前我也是这么问的，乔安的回答是“欢迎欢迎”。没有比这句更见外的了，让我郁闷了很久。

可是，这一次乔安说的却是：“好啊，我要给你留一个长期的位置，就留你现在坐的这个靠窗的吧。我要在上面挂个牌子：此人有主，他人勿坐。哦，不，是此座有主，他人勿坐……”

我笑了起来。我笑的时候，很不淡定，失手打翻了杯子。里面泡好的茉莉香片洒了一桌子，香气溢满了整间书店……

图书在版编目（CIP）数据

连环美人 / 花想容著.—哈尔滨：哈尔滨出版社，2018.11
（诡故事.推理悬疑小说志）
ISBN 978-7-5484-4217-2

Ⅰ.①连… Ⅱ.①花… Ⅲ.①推理小说－小说集－中国－当代 Ⅳ.①I247.7

中国版本图书馆CIP数据核字（2018）第183158号

书　　名：连环美人
LIANHUAN MEIREN

作　　者：花想容　著
责任编辑：杨浥新　孙　迪
责任审校：李　战
封面设计：源画设计

出版发行：哈尔滨出版社（Harbin Publishing House）
社　　址：哈尔滨市松北区世坤路738号9号楼　　邮编：150028
经　　销：全国新华书店
印　　刷：哈尔滨市石桥印务有限公司
网　　址：www.hrbcbs.com　　www.mifengniao.com
E-mail：hrbcbs@yeah.net
编辑版权热线：（0451）87900271　87900272
销售热线：（0451）87900202　87900203
邮购热线：4006900345　（0451）87900256

开　　本：787mm × 1092mm　1/16　印张：12　字数：100千字
版　　次：2018年11月第1版
印　　次：2019年7月第2次印刷
书　　号：ISBN 978-7-5484-4217-2
定　　价：29.80元